KB183075

사망 유희로 밥을 먹는다.

우카이 유시

일러스트 | 네코메타루

플레이어 네임

유우카(幽??)

나이

17세

생일

4월 18일

좋아하는 것

편의점에서 사 먹는 아이스크림

싫어하는 것

해가 떠 있는 시간대에
일어나는 것

취미

야간 산책

특기

등 뒤로 다가오는 기척을
읽어내는 것

직업

살인 게임 플레이어, 학생

잘 다루는 무기

길이나 누가 등 손에 쥐고
직접 상대를 공격하는 유형의 무기

부상이 있는 곳

오른쪽 눈의 흉터 (시력에는 문제없음)

〈게임〉 클리어 횟수

7회

지금까지 〈게임〉에서 살해한 사람 수

셀 수 없음

고스트 하우스
GHOST HOUSE

베니야
Beniya

"무사히
돌아갈 수 있다면
돈 같은 건
필요 없어요."

모모노
Momono

"시급 ㅂ
말하자ㄷ
돈으로 ㅣ
그렇다ㅁ
유리한 ㅇ

"그, 그러니까 우리는……
육체를 개조당했다는 건가요?"

코쿠토
Kokuto

"목적은, 그……
이거 말고는 없어서."

아오이
Aoi

Kinko
킨코

"제가 남겠습니다.
여러분은 먼저 가 주세요."

유우키
Yuki

"역시 인간은
자신 있는 걸로
승부하고 싶은 법이잖아.
내 경우는 이거였다고."

"지긋지긋해요.
이제 절대로 엮이고 싶지 않습니다,
이런 게임에."

"할당량은 한 사람당 두 번.
반드시 칼날의 중간 이상까지 찔러 넣을 것.
부위는, 뭐, 가급적 치명상을
입힐 수 있는 곳이 바람직하겠지."

"어쨌든 말이야,
전혀 상대가 안 됐다고.
그 사람뿐 아니라, 전부."

존술〉이지

"네. 지금 당장
데려가 주세요."

Moegi

Sumiyak

"좀 어
29회차

아이리
Airi

하쿠시
Hakushi

유우키
Yuki

캔들 우즈
CANDLE WOODS

사망 유희로 밥을 먹는다.

우카이 유시 지음
네코메타루 일러스트
이희경 옮김

NOVEL

CONTENTS

권두·본문 일러스트 • 네코메타루

이것은 어느 정신 나간 세계의 이야기.

1. 고스트 하우스 (28회차)

낯선 침대 위에서 유우키는 눈을 떴다.

최소한 5명은 함께 잘 수 있을 법한—.

캐노피가 달린, 사방을 커튼으로 에워싸는 기능이 있는, 곱게 자란 영애께서 주무시고 계실 것 같은, 대체로 일반인과는 평생 인연이 없을 듯한 호화로운 침대였다.

낯선 침대였다.

그래서 이건 유우키가 상류 계층의 인간임을 뜻하지 않는다. 잠이 확 깬 유우키는 몸을 일으켰다. 담요는 덮지 않고 밑에 깔린 모양새로 눕혀져 있었다. 또한 침대를 기준으로 유우키의 몸이 비스듬히 기울어져 있었기에 머리는 베개에서 벗어난 상태였다. 이렇다 보니 〈눕혀져 있었다〉라는 말은 부적절한 것 같아서, 누워 있었다든가, 또는 더 심한 표현으로 굴러다니고 있었다고 해야 할지도 몰랐다.

복장도 당연히 잠옷이 아니었다.

쉽게 말해 이 옷은 메이드복이라고 불리는 것이었다.

"……오오……."

유우키의 입에서 감탄이 흘러나왔다.

메이드복이었다. 흰색과 검은색의 대비가 매력적이지만 꽤 오래전에 유행이 지난, 하지만 열렬한 애호가를 전국에 남긴 의상이었다. 이걸로도 묘사가 부족하다는 의견이 있다면 답하겠다. 원피스 위에 프릴이 많은 앞치마를 달아놓은 의상이다. 치마 기장은 극단적으로 길거나 짧거나 둘 중 하나인데, 유우키가 입은 것은 긴 쪽이었다. 클래시컬 디자인이라고 불리는 치마였다.

클래시컬한 유우키는 침대에서 내려왔다.

호화로운 침대와 어울리는 호화로운 방이었다.

유우키는 미천한 집안 출신이라, 어디가 어떻게 호화로운지 교양 있는 말로 표현하는 것은, 속 터질 노릇이지만 불가능하다. 그럼에도 얼렁뚱땅 읊어 보자면, 품격 있는 방이었다. 어떻게 청소하는 건지 알 수 없을 정도로 천장은 높고, 가로로도 세로로도 터무니없이 넓다. 이와 반비례해 가구는 적은데, 하나하나가 체스의 퀸과 같은 강력한 존재감을 내뿜고 있다. 어째서 유우키가 구태여 이런 비유를 하냐면, 그야말로 방바닥이 체크무늬로 되어 있기 때문이었다.

체스판을 방불케 하는 흑과 백이었다. 흑백인 것은 바닥뿐만이 아니었다. 높은 천장에 사방의 벽, 침대를 비롯한 갖가지 살림살이, 유우키가 입은 클래시컬한 메이드복에 이르기까지 이 방의 온갖 물건들이 모두 흑백, 즉 모노크롬 방이었다. 유우키의 피부색이 유일한 예외였는데, 그조차도 비교적 흰 편이었다.

그런 방이었다.

그런 방의 무엇 하나도 유우키에게는 짚이는 데가 없었다.

침대에서 〈자고 있었기〉 때문에, 유우키에게는 거기에 등을 대고 누운 과거가 있을 터였다. 그러나 기억해 낼 수 없다. 그 침대에서 잔 기억은 물론이거니와, 방에 들어간 기억도, 메이드복으로 갈아입은 기억도 없었다.

이런 상황을 세상 사람들은 뭐라고 부를까.

방에 창문은 없었다. 지하에 위치한다는 뜻일까, 단순히 외벽 쪽이 아닐 뿐일까. 창문은 없지만 문은 있었다. 유우키는 한참을 — 방의 끄트머리까지 이동할 뿐인데도 〈한참〉이다 — 걸어서 문을 살펴보고 손잡이를 잡았다.

손잡이는 저항 없이 돌아갔다.

문을 열고 복도로 나갔다.

천천히, 유우키는 바깥을 엿봤다.

보아하니 호화롭고 흑백인 패턴 그대로 멀리까지 이어지고 있다.

천천히 방을 나섰다. 문은 열어둔 채로 됐다.

발소리를 내지 않으려 신경을 쓰며 걸었다. 복도에 창문은 없었다. 왼쪽, 오른쪽으로 거리를 두고 문이 늘어서 있었다. 그 중 몇 개는 유우키가 한 것처럼 누군가가 열어둔 채였는데 그게 무엇을 의미하는지 그녀는 대충 예상되었다.

창문이 없으므로 유우키가 자신이 처한 상황을 조금 더 알려면, 줄줄이 늘어서 있는 문 중 하나를 열어 볼 수밖에 없는 것이다. 유우키는 기왕 열거면 가장 큰 놈을 열어 보자고 결심했다. 대부분의 경우 그게 정답이기 때문이다. 가장 큰 놈은 복도의 막다른 곳에 있어, 유우키는 지뢰밭을 걷는 병사처럼 신중하게 거기까지 걸어갔다.

도착했다.

손잡이를 돌려 안으로 들어갔다.

식당이 나왔고, 다섯 명의 메이드가 있었다.

(2/23)

마찬가지로 흑백의 식당이다.

방 중앙에 테이블이 놓여 있었다. 그저 그런 테이블이 아니다. 혼자서는 도저히 옮길 수 없을 만큼 커다랗고, 양쪽에 세 개씩 총 여섯 개의 의자가 있었다. 탁자 위에는 새하얀 식탁보가 덮여 있었고, 과자 같은 것을 담은 접시가 놓여 있었다. 여기까지 조건이 갖춰져 있다면 식당임이 틀림없다.

여섯 개의 의자 중 다섯은 이미 채워져 있었다.

다섯 명 모두 메이드였다.

전원 여자아이였다— 라고 단언하기는 아직 이를지도 모르지만, 유우키의 눈에는 그렇게 보였다. 본 그대로 추측한 바에 따라 더 읊어보자면, 연령은 위로는 대학생, 아래로는 중학생 정도였다. 여자아이, 소녀라고 통틀어 표현할 수 있는, 후딱 지나가 버릴 한창때의 아가씨들이었다.

그런데, 메이드라는 건 복장보다도 사람이 중요하다, 라는 일부 마니아들의 견해가 있는 것으로 안다. 어떤 경우에도 당황하지 않고 소란 피우지 않고 당당하게, 어떤 문제든 시치미를 떼고 시원스럽게 해결해 보이는, 그것이 피고용인, 시중드는 자의 미덕인 모양이다. 그런 눈으로 이 다섯 명을 평가한다면, 전원 불합격일 것이다. 소탈하고 깔끔한 인상의 메이드는 한 명도 없었다. 안절부절못하는 사람, 좌우로 경계심을 드러내는 사람, 등받이에 체중을 싣고 의자로 끼익 끼익 소리를 내는 사람, 고개를 숙이고 아무래도 울고 있는 듯한 사람도 있었다. 그 등을 쓰다듬으며 진정시키고 있는 듯한 사람도 하나 있었는데, 그런 그녀도 여유로운 표정이라고는 할 수 없었다.

모두 진짜가 아니었다.

메이드복을 입혀 놓았을 뿐인 인간들이다.

새로 나타난 여섯 번째 메이드에게 다섯 명의 시선이 집중되는 것은 자연스러운 일이었다. 유우키는 그들이 보든지 말든지 테이블까지 걸어가 여섯 번째 의자를 끌어당겨 그 격조 높음과는 매우 어울리지 않는 엉덩이를 얹혔다. 그리고 말했다.

"안녕. 유우키라고 합니다. 잘 부탁해요."

그리고 침묵. 뜸을 들이고 들이다가 누군가 답했다.

"……잘 부탁합니다."

"이 분위기라면 내가 마지막인가."

"그런 것 같습니다."

같은 여자아이가 답해 주었다. 유우키는 그 아이를 겨냥했다.

"모두 처음부터 여기 있었어?"

"아니요. 모두 침실에서 일어나고, 어쩌다 보니 여기 모이게
된 거라……."

"오래 기다렸나?"

"아뇨, 그렇게는…… 10분인가 20분 정도인 것 같아요."

"미안해. 아무래도 잠이 깊이 드는 체질인가 봐. **항상** 늦거
든."

"……굉장히 침착하시네요."

경계심을 품은 시선이었다.

"이런 곳에 있는데."

"아, 음, 그……."

유우키는 말을 골랐다.

"나는, 처음이 아니거든,"

이어서 말했다.

"모두 처음인 건가, 아마도."

                              (3/23)

뭐부터 이야기한 걸까.

생각해 보면 이런 기회는 처음이었다. 다섯 명의 여자아이

들과는 또 다른 이유로 유우키는 마음에 여유가 없었다.

"저기…… 우선 사정을 모르는 사람이 몇 명이나 있지? 왜 자기가 여기 있는지 모르는 사람은…… 그, 손을 들어."

솔선해서 유우키는 손을 들었다. 어떻게 손을 들어야 할지 모른다고 할 녀석은 없을 테니, 이건 본보기가 아니라 손을 들기 쉽게 하려는 정신적 배려였다.

유우키 외에 두 명의 손이 올라갔다.

"게임에 대해서는 알고 있었지만, 참가하는 건 처음인 사람은?"

나머지 세 명 중 둘의 손이 올라갔다. 마지막 한 명이 말했다.

"저는 2회차입니다. 어쩌면 당신 쪽이 경험이 풍부하겠네요."

"음. 많지. ……상당히."

"그럼 유우키 님께 맡기겠습니다."

그런 말을 들어도 곤란했다. 유우키는 어떻게 말해야 할지 고민했다.

"……어쨌든 이미 누군가로부터 들었을지도 모르지만……이 건물은 위험합니다. 어디에 덫이 장치되어 있을지 몰라요."

울고 있던 메이드의 어깨가 떨렸다.

"덫이라는 건 껌을 집으려고 했더니 손가락이 아프다든가, 의자에 앉았더니 방귀 소리가 나는 부류의 것이 아닙니다. 목숨을 위협한다고 생각해 주세요. 벌써 다친 사람은?"

"없어요."

"다행이네. 이제부터는 가능한 한 돌아다니지 말아 주세요. 이렇게 식당에 모이는 것도 처음이라면 위험합니다. 한 사람도 빠지지 않아서 다행이야."

"요컨대 이건—."

두서없는 설명에 짜증이 났는지 누군가 물어 왔다.

"〈탈출 게임〉이라고 생각하면 될까요?"

"네. 그렇습니다."

어느새 존댓말을 쓰고 있음을 유우키는 깨달았다. 왜일까. 여럿에게 말을 걸 때 사람은 자연스럽게 존댓말을 쓰게 되는지도 모른다. 그대로 유우키는 이야기를 이어 나갔다.

"죽음의 트랩에 걸려들지 않게 조심하면서 건물의 출구로 간다. 그런 유형의 게임이죠."

"탈출……은, 안 하면 안 되겠네요."

네, 라고 유우키는 대답했다.

"탈출을 안 하면 원래 생활로는 당연히 돌아갈 수 없고 상금도 안 나와요. 시간제한은 지금까지 제시되지 않았다면 〈없다〉고 봐도 좋겠죠. 하지만 먹을 것도 마실 것도 한도가 있기에 그것이 사실상의 제한인 셈입니다."

"……저, 저기요!"

울고 있던 메이드가 말했다.

"그게 사실인가요?"

"말하기 거북하지만, 사실입니다."

"사실일 리가 없잖아요!"

그녀가 외쳤다.

"그렇잖아요, 이런, 이런 게……."

"그 부분, 저도 의문이 있는데요."

등을 쓰다듬던 메이드가 말을 이어갔다.

"일확천금의 기회이자 목숨을 건 게임이라고는 들었어요. 하지만 이건 대체 뭔가요? 어딘가에 사는 대부호의, 타인에게는 말 못 할 취미? 아니면 더 상업성을 의식한 것?"

"정확히는 모릅니다."

유우키는 고개를 저었다.

"단, 항상 촬영이 되고 있습니다. 감시 카메라를 통해 우리를 보고 있는 〈관객〉이 있죠. 추측이지만, 우리 중 누가 살아남을지 돈이라도 걸지 않았을까요. 사람에 따라, 그…… 상금이 바뀌기도 하니까."

"어떤 사람이 많이 받나요?"

"첫 번째로는 얼굴이 예쁜 사람입니다."

"……먹고 살기 힘드네요."

아까까지와는 또 다른 느낌의 침묵이었다.

"여러분, 살아남으면 많이 받을 수 있을 겁니다."

그렇게 말해 조금이라도 분위기가 좋아지기를 바랐지만 헛수고였다.

"이쪽에서 외부 반응은 안 보이는 거죠?"

"네."

"쌍방향이 아닌 건가…… 그럼 동전 던져 주기 같은 건 없으려나…….'

그녀는 근심에 잠기기 시작했다. 또 다른 여자아이가 「이런 일도 있네요.」라고 말했다.

"어떤 의미로는 흔히 듣는 이야기인데, 정말로 있을 줄은 몰랐어요."

유우키도 동감이었다.

그렇다고는 해도 완전히 비현실적인 이야기는 아닌 것 같았다. 인류 역사상 기요틴[#1] 처형이 오락으로 취급되었던 시대가 있었던 것이다. 노예를 맹수와 싸우게 하고 여가를 즐겼던 시대도 있었다. 작금에는 윤리 따위 개나 줘 버리고 각박하게 장사를 하면 할수록 〈필사적인 노력〉으로 받아들여지는 가치관이 지배적이기에 여기에 필수 조건만 갖춰지면 〈이런 것〉이 생겨도 이상할 게 없다. 지금은 아직 〈음지〉에서 이뤄지지만, 30년 정도만 지나면 이런 것이 당당히 양지에서 이뤄지지 않을까, 하고 유우키는 생각했지만 아무리 그래도 그렇게까지는 되지 않으려나. 이 업계에 오래 있었기에 편견이 작용했을 뿐일까.

뭐, 미래가 어떨지는 제쳐 두고, 있기는 있었다.

진짜, 사람이 죽는 게임이 말이다.

#1 기요틴(guillotine) 프랑스 혁명 때 사용한 목을 자르는 사형기구

"안 묻는 게 나을지도 모르지만."

아까와 같은 여자아이가 말했다.

"생환율은 얼마나 되나요?"

"아, 그건 괜찮을 겁니다. 참가자가 거의 전멸하는 게임도 없지는 않지만…… 대체로 7할 전후예요."

"전체 플레이어 평균이죠, 그건."

2회차라던 메이드가 끼어들었다.

"초심자인 경우에는? 유우키 님이 볼 때 우리가 살아서 돌아갈 가망성은 어느 정도인가요?"

"……"

아픈 데를 찔렸다. 유우키는 대답했다.

"처음이라면 그보다는 낮겠죠. 하지만—."

슬슬 존댓말은 관두기로 했다. 유우키는 헛기침을 하고 말을 이었다.

"하지만 괜찮아. 게임에 임하는 내 태도는 이타주의적이니까. 가급적 많이 살아서 돌아갈 수 있도록 지원할게."

(4/23)

"이타주의?"

누군가가 반문했다.

"이 게임, 다른 플레이어에 대한 태도에는 세 종류가 있는

데……."

말하는 도중, 유우키는 이건 질문 형식으로 해 보기로 했다.

"내가 살아남기 위해 〈이용한다〉."

"음."

"〈무시한다〉. 타인과는 가능한 한 관여되지 않고 단독으로 클리어를 노린다."

"음."

"마지막 하나가…… 죽지 않도록 〈돕는다〉인가요?"

2회차인 여자아이가 의심스러운 시선을 보내 왔다.

"하지만 왜 그런 걸 하죠? 그거야 지원해 주시는 건 고맙지만, 그에 대한 대가로 유우키 님은 뭘 얻는 건가요?"

"길게 보면 그게 가장 생존율이 높거든. 여기서 모두에게 빚을 지워 놓으면 다음에 어딘가의 게임에서 만났을 때 내게 유리하게 움직여 줄지도 몰라."

"다음이라니, 다음이 있는 사람이 몇 명이 있을지도 모르는데요."

"그래도 상관없어. 자기가 손해 보지 않는 범위에서라면 내버려 두는 것보다 돕는 편이 나아."

본심이었다.

하지만 유우키를 향한 의심스러운 눈초리는 사라지지 않았다. 「뭐, 그래도.」라고 그녀는 덧붙였다.

"경계는 하는 게 낫지. 이런 말을 해놓고 실제로 속내는 시

커멀지도 모르니까. 총알받이 정도는 되어 주겠지라는 생각일
지도 모르고. 그 부분은 각자 판단할 수밖에 없어."

그렇게 말하며 유우키는 테이블 위의 큰 접시로 손을 뻗었
다. 초콜릿이니 쿠키니, 머핀이니 마카롱이니, 이름을 도통 알
수 없는 녀석까지, 다양한 과자류가 놓여 있었다. 그것들 역시
새하얗거나 새까맣거나 둘 중 하나로 식욕을 돋우는 색은 아
니었지만, 그래도 과자였기에 먹고 싶지 않을 이유도 없었다.
유우키는 포장을 뜯고 어두운 색의 머핀을 한 입 베어 먹었다.

"먹어도 되나요, 그거."

메이드들은 못 믿겠다는 눈을 하고 있었다. 「응. 맛있어.」라
고 유우키는 답했다.

"그런 종류의 게임이 아닌 한, 먹을 것에 독이 들어 있는 경
우는 기본적으로 없어. 게임 중에 배고픔을 견디기 위한 것이
니까. 사람 목숨을 갖고 노는 게임이라도 그쪽 방면의 선 긋기
는 의외로 확실히 되어 있지."

보아하니 아무도 과자에 손을 대지 않았다. 음식이 목구멍
으로 넘어갈 상태가 아닌 것도 있었을 테고, 게다가 사람이 죽
는 게임이라는 관점에서 이 과자를 봤을 때 너무도 미심쩍은
것이다. 망설여지는 게 당연하다.

유우키의 말을 듣고 메이드 한 명이 조심조심 손을 뻗었다.

그러나 그 손은 아무것도 집지 않고 멈췄다.

그녀가 유우키에게 시선을 돌리고 「……〈이런 것〉을 경계해

야 하는 거죠?」라고 말했다. 유우키는 웃었다.

"뭐, 일단은. 어쩌면 안전한 과자를 구분하는 방법을 숨기고 있을지도 모르니까."

실제로 그런 것은 존재하지 않는다. 단순히 맛있을 것 같아서 머핀에 손을 뻗었다. 게임의 무대에 배치되어 있는 음식물은 성역인 것이다. 먹어도 된다는 공식 안내가 있었던 것은 아니지만, 그래도 불문율이 있었다. 인권을 마구 침해하는 게임이기는 해도 준수되는 것은 있다. 그렇지 않다면 장사가 되지 않을 것이고, 유우키와 같은 단골 플레이어도 생기지 않을 것이다.

하지만 그런 사정을 모르는 나머지 다섯 명은 이 과자에 경계심을 계속 품을 수밖에 없다. 요컨대 유우키가 독차지한 구도다. 머핀을 한 입 더 먹고 유우키가 만족스러운 표정을 짓자—.

정면에서 뻗어 나온 손이 먹던 머핀을 낚아챘다.

"엇."

앞을 보니 아까 그 메이드였다. 「이렇게 하라는 거죠?」 그녀는 말했다.

"아니, 그, 아닌데."

응답은 없었다. 마지막 한 입은 그녀가 먹었다. 아앗, 하고 유우키는 소리를 질렀다.

정신을 가다듬은 후, 유우키는 다시 큰 접시에 손을 뻗었는데, 그때 유우키는 자신이 저지른 중대한 실수를 깨달았다. 이번에는 봉지조차 뜯게 해 주지 않았다. 또 다른 메이드의 손이 옆에서 뻗어왔다. 손과 손이 닿았고, 하얀 마카롱을 빼앗겼다. 같은 일이 그 후에도 세 번 정도 반복되었다. 자신보다 낮은 체온의 소유자가 이 중에 한 사람도 없다는 사실이 유우키가 얻은 단 하나의 정보였다.

(5/23)

"그럼…… 그러면 슬슬 여러분에 대해 알려 줬으면 하는데."

식후 운동은 끝났다. 유우키의 생각보다 다들 기력이 소모되어 있었던 듯, 그 후에도 몇 번이고 유우키는 과자를 빼앗겼다. 와그작와그작 먹어 댔다. 너무 빼앗겨서 마지막에는 눈을 감고 손가락의 감촉만으로 누구의 손인지 맞혀 보기도 했다. 그 단계에 이르러, 그러고 보니 아직 이름도 묻지 않았음을 깨달은 유우키에게서 튀어나온 것이 이 대사였던 것이다.

"우선 나부터."

다섯 명의 시선을 받으며 입을 열었다.

"유우키라고 합니다. 게임 플레이 횟수는 이걸로 28회차. 여러분에 비해 다소 경험이 있으니, 이 건물에서 탈출할 때 도움이 되었으면 해요."

"그렇게나 했다고요?"

누군가가 말했다. 전부 아마도 같은 생각을 하고 있을 것이다.

"28회차라면 상당한 금액이겠네요. 무슨 목적으로?"

"아니…… 나는 돈이 아니라."

유우키는 쑥스러워하면서 대답했다.

"연승 기록을 노리고 있어요. 목표는, 99회."

"와…… 이 게임으로요?"

"네…… 아니, 응."

"연승이라니, 지면 죽는 거죠?"

"응."

"생환율이 7할이랬죠? 그게 99라면."

"계산하지 마. 무서워지니까."

"왜 그런 걸……?"

"적성에 맞는 것 같으니까."

몇 번이고 들었던 질문이다. 유우키의 대답은 빨랐다.

"역시 인간은 자신 있는 걸로 승부하고 싶은 법이잖아. 내 경우는 이거였다고."

모두가 침묵했다.

유우키를 향하는 모든 시선이 다시 경계심을 품은 것으로 돌아갔다. 답을 잘못했나. 적당히 얼버무리는 편이 나았는지도 모른다.

"저기, 그."

언제까지고 침묵하고 있을 수는 없다. 유우키는 입을 열었다.

"그럼, 다음 분 부탁합니다."

유우키는 정면의 메이드를 손으로 가리켰다. 유우키의 과자를 맨 처음 빼앗은 여자아이다.

"킨코입니다."

금발 양 갈래 머리가 특징적인 아이였다. 이 방에는 흰색과 검은색만 있어서 한층 더 눈부셨다. 보고 있으면 걱정이 될 정도로 몸이 가느다란 여자아이가 이 세상에는 때때로 있는데 킨코가 그랬다. 마구잡이로 건드렸다가는 부러질 것 같이 가녀린 목, 피골이 상접한 정도를 넘어 뼈조차 없는 게 아닐까 의심스러울 정도로 가느다란 손가락, 메이드복이라는 헐렁함의 상징물과 같은 의상의 겉으로도 파악이 될 정도로 갸냘픈 몸매였다. 여섯 명 중 가장 몸집이 작고 또 가장 연하일 것으로도 보였는데, 그에 비해 똘똘한 얼굴을 하고 있었고 〈조금 전의 일〉을 비춰 봐도 어느 정도는 스스로 생각해서 움직일 수 있는 능력이 있다고 유우키는 평가했다.

"게임은 이번이 처음이에요. 목적은, 빚을 갚기 위해서입니다."

"빚?"

유우키는 고개를 갸웃했다. 빚 같은 걸 질 여자아이로는 보이지 않았기 때문이다.

"그렇게는 안 보이는데."

"제 빚이 아닙니다. 부모가 진 빚이에요."

"……그런 건, 어린아이에게는 책임이 안 돌아가지 않나?"

"그런 그렇지만 빌린 건 갚아야 할 것 같아서요."

유우키는 침묵했다.

그 답에 되받아칠 말이 없었다. 그녀는 〈그런 사람〉인 것이다. 유우키도 남 말할 처지는 아니나, 푼돈에 목숨까지 걸고 이런 게임에 참가하는 인간은 대체로 어딘가가 〈별난〉 부분이 있다. 죽음에 대한 공포가 희박하다든가, 이해타산을 따지는 능력이 없다든가. 킨코는 그 부분이 별난 것이다. 결점으로 여겨질 수 있을 정도로 높은 책임감―.

킨코는 오른쪽을 봤다. 오른편에는 예의 펑펑 울고 있는 메이드가 앉아 있었다. 말을 할 수 없는 상태라고 판단했는지 킨코는 자신의 정면 오른쪽에 있던 메이드를 손으로 가리키며 「다음, 부탁합니다.」라고 말했다.

2회차인 메이드였다. 「코쿠토입니다.」라고 킨코보다도 긴장이 풀린 모습으로 이름을 소개했다.

"게임은 2회차. 그렇다고 해도 2년 만이라서 거의 미경험자나 마찬가지예요. 목적은, 뭐, 생활비를 버는 거죠."

지하 세계의 분위기를 풍기는 여자아이였다.

상스러운 기사만 쓰는 주간지 기자 같은, 뭐든지 조달해 줄 것 같은 교도소의 판매원 같은, 밝은 곳에 사는 주민은 일단 아닐 것 같은 분위기였다. 단, 다들 그렇듯이 얼굴 생김새가 꽤 예쁘장해서, 지하 세계 특유의 분위기를 내뿜는 한편으로는 무리해서 나쁘게 구는 불량소녀처럼 웃음을 자아내는 요소가 살짝 공존하고 있었다.

쇼 비즈니스라는 성질상 게임에 불려 오는 여자아이들은 기본적으로 얼굴이 반반하다. 얼굴이 반반한 아가씨들과 쉽게 가까워질 수 있는 것은 이 게임의 드문 매력 중 하나다. 다만, 가까워진들 그 끈끈함이 언제까지 이어질지는 알 수 없다.

"생활비라니, 그럼, 급박한 사정이 있는 건 아닌가요?"

킨코가 물었다.

"네, 뭐. 돈이 없다는 의미로는 급박하긴 하지만. 빚까지는 없어요."

"평범하게 노동하는 걸로는 안 되나요?"

"제가 좀 멍청해서요."

코쿠토는 어깨를 으쓱했다.

"시급 노동이라는 건 말하자면 목숨을 돈으로 변환하는 거잖아요. 그렇다면 이쪽이 어느 정도 유리한 얘기더라고요. 그렇죠, 유우키 님?"

창끝이 유우키를 향했다. 글쎄, 어쩌려나. 유우키는 쓴웃음을 지었다.

"다음, 부탁해요."

코쿠토는 발언권을 넘기며 「말할 수 있겠어요?」라고 덧붙였다.

그도 그럴 것이 그녀가 가리킨 것은 예의 울고 있던 메이드였기 때문이다. 목숨을 건 게임에 억지로 참가하게 된 인간의 반응으로서는 자연스럽지만, 그래도 유우키에게는 한 바퀴를 돈다는 건 신선한 경험이었다. 어떤 의미에서는 이 게임을 가장 즐기고 있는 사람이라고 할 수 있으리라.

새되고 높은 목소리로 「모모노입니다……」라는 대답이 돌아왔다.

"저는, 속아서……."

"속았다고?"

"자기 뜻으로 참가한 게 아닌가 봐요."

그렇게 보충 설명을 한 것은 킨코였다.

"쉽게 돈을 벌 수 있는 아르바이트가 있다고 들어서 순순히 따라왔더니 저도 모르게 의식을 잃었고, 정신이 들고 보니 여기에 있었다는, 흔해 빠진 사정이라네요."

"아아……."

아아, 라는 반응이 나왔다. 그 이외에는 나오지 않았다.

운영진 쪽에서 꼬드겨 게임에 참가시키는— 이른바 스카우트 팀은 소수 있었다. 개최되는 게임에 비해 인원수가 모자랄 때, 또는 엄청난 미인을 발견한 경우 등, 운영진이 접근하고 싶어지는 상황은 여러 가지인 것이다.

이번에는 후자의 케이스일 것이라고 유우키는 단정했다. 그도 그럴 것이 모모노라는 여자아이가 굉장했기 때문이다. 우선 머리카락이 핑크색이다. 성대가 걱정될 정도로 목소리의 톤이 높다. 펑펑 울고 있기에 알기 어렵지만, 여섯 명 중에서 가장 미인이기도 하다. 그리고 무엇보다도 주목해야 할 점은 육감적인 몸매였다. 메이드복이란 것은 원래 바디라인이 드러나지 않는 의상인데도 이 모모노라는 아가씨에게 이러한 상식은 통용되지 않았다. 한 사이즈 작은 옷을 입게 된 걸까. 그렇게 여겨질 정도로 온몸의 온갖 부위가 빵빵했다. 또 딱 하나 복장에서 크게 다른 것이, 모모노만 치마 기장이 미니라는 점이었다. 유우키가 유심히 본 바에 따르면 그녀의 가장 야한 부위는 거기서 뻗어 나온 허벅지였다. 경계심이 드러난 것일까, 다른 메이드에 비해 모모노는 상당히 의자를 끌어당긴 상태여서 유우키의 위치에서도 아슬아슬하게 허벅지를 확인할 수 있었다. 튼실하게 두터운, 그녀의 풍만한 상반신을 충분히 지탱할 만한 체형이었다. 프릴이 달린 미니스커트와 하얀 니 삭스의 중간, 흑백의 세계에서 그 피부색은 눈부시게 빛나고 있었다. 유우키는 솔직히 만져 보고 싶었다. 혹시 허벅지가 야해서 모모노인 걸까.#2 진상은 역시 알 수 없지만 어쨌든 모든 면에서 유혹적인, 필시 남성들에게 인기가 있을 만한 아가씨였다.

"무사히 돌아갈 수 있다면 돈 같은 건 필요 없어요."

그렇게 말하고는 모모노는 입을 다물어 버렸다. 그녀는 다음 발언자를 지정하지 않았으나, 그녀의 오른쪽 옆에 있던, 모모노의 등을 쓰다듬어 주던 메이드가 「베니야입니다.」라고 자신을 소개했다.

#2 혹시 허벅지가 야해서 모모노인 걸까. 허벅지는 일본어로 '후토모모'.

"사전 지식은 있었지만, 참가는 이번이 처음입니다. 이유는 킨코 님과 마찬가지로 빚을 갚기 위해서예요."

그 이름에 어긋남이 없는 빨간 쇼트커트 머리의 메이드였다. 다른 여자아이들과 마찬가지로 그 아이도 역시 얼굴이 반반했는데 아주 조금 방향성이 달랐다. 실례지만 진부한 표현을 쓰자면, 그 얼굴은 왕자님상이었다. 여자에게 인기가 많은 여자라는 유형이었다. 남자로 봐도 꽤나 그럴싸할 정도로 키가 컸고, 다른 메이드에 비해 확연히 팔다리가 길었다. 모모노와는 정반대의 늘씬한 체격으로 여섯 명 중에서 가장 오라가 있는 아가씨였는데, 외모에 비해 정신은 그다지 강하지 않은 타입인 듯 그 표정은 게임에 압도된 기색이었다. 모모노의 등을 쓰다듬고 있었던 것도, 자신보다 더 불안해 보이는 사람을 보면서 진정하고자 하는 의도일지도 몰랐다.

"단, 저는 순전히 제 부채입니다."

부채. 다소 걸리는 표현이었다.

"무슨 장사라도 하는 거야?"

"뭐, 그렇습니다. 아주 조금 자금이 필요해져서요."

자세한 이야기는 하기 싫은 눈치였다. 유우키는 얌전히 물러났다.

베니야는 자신의 정면에 앉아 있던 메이드— 마지막 한 사람에게 발언을 재촉했다. 「……입니다.」라고 말하고 있는지만 겨우 알 수 있을 정도의 작은 목소리가 들려왔다.

"어, 뭐라고?"

유우키가 되물었다.

"아오이, 입니다."

아마도 애써서 목소리를 키운 것이겠지만 그래도 작았다.

"게임에 나오는 건 이번이 처음입니다."

너무도 내성적인 인상의 아가씨였다.

덥수룩한 파란 머리와 불안한 표정. 적나라하게 몸이 앞으로 굽어 있고 시선은 테이블과 메이드들 사이를 분주하게 오간다. 그러고 보니 지금까지 대화에서 그녀의 발언을 들은 기억이 유우키에게는 없었다. 목소리를 내는 것을 꺼리는 아이인 듯하다.

"목적은, 그…… 이거 말고는 없어서."

그렇게밖에 아오이는 말해 주지 않았기에, 구체적으로 어떤 사정이 있는지는 알 수 없었다. 짐작하기로는 아마도 유우키와 같았다. 사회성이 현저히 결여돼 있어, 이렇게라도 안 하면 돈이 안 생기는 것이다. 그렇게 지내다 보면 결국에는 유우키와 똑같은 플레이어로서의 길을 걷게 될지도 몰랐다.

전원 자기소개가 끝났다. 유우키는 메이드들을 휙 둘러봤다. 그리고 일단락을 짓듯이 「됐어.」라고 말했다.

"잠깐이겠지만, 잘 부탁해. 가능한 한 많은 인원이 클리어하는 걸 목표로 하자."

유우키의 말에, 다섯 명의 메이드가 제각각 잘 부탁한다고

응답했다. 잘 부탁해요, 잘 부탁합니다라는 목소리가 포개졌다.

"그런데 클리어하자고는 해도, 구체적으로 뭘 하는 건가요?"

코쿠토가 물어 왔다.

"탈출 게임이니까."

유우키가 답했다.

"그야, 탐색할 수밖에 없지."

(6/23)

목숨을 걸지 않는 게임이라면 해 본 적이 있는 사람도 많을 것이다.

탈출이라는 말이 앞머리에 붙어 있을 정도이니, 특정 공간으로부터의 탈출을 목적으로 하는 게임이다. 하지만 왜인지 그 출구에는 자물쇠가 걸려 있고, 그걸 풀 열쇠는 어째서인지 금고 안에 수납되어 있다. 그 다이얼 번호는 어떻게 된 영문인지 침대 밑이나 선반 뒤, 천장 가까운 곳의 구석 등지에 숨겨져 있곤 해서 플레이어는 여기저기를 뒤지며 찾아내야 한다. 경우에 따라서는 탐색뿐 아니라 퍼즐이나 수수께끼를 풀어야 하기도 한다.

하지만 이 게임에 한해 말하자면 ── 유우키의 경험에만 비춰 말하자면 ── 그렇게 복잡한 문제가 나오는 경우는 없다. 이 게임은 어디까지나 쇼이고, 방송 프로그램이며, 촌스러운 수수께끼에 도전하는 것이 메인은 아니기 때문이다. 대체로 찾기 쉬운 곳에 열쇠는 그대로 방치되어 있고, 그 열쇠로 무난하게 문은 열린다. 진짜 문제는 〈그 주변〉에 있는 경우가 많기에 방심해서는 안 되지만 탐색이라는 요소만 따지자면 이건 정말로 쉬운 게임이다.

하지만 탐색은 하긴 해야 하는 것이다.

그리고 잊어서는 안 될지니, 이 건물은 죽음의 저택이다.

"어쨌든 최소한—."

식당을 뒤로 하고 복도로 나오며 유우키는 나머지 다섯 명에게 말했다.

"각오해야 할 점만 전해 둘게."

여섯 명이 함께 행동하기로 결정했다.

유우키를 제외하고는 완전히 초심자이므로, 그녀만 식당을 나와 필요한 탐색을 진행하고 덫의 유무를 파악하고서 출구까지의 루트를 완전히 세운 후에 다섯 명을 에스코트한다는 선택지도 있었다. 최대치의 안전을 꾀한다면 그렇게 해야겠지만, 현실은 이렇게 되었다. 누군가가 그렇게 하자고 제안한 것은 아니지만 자연스러운 흐름, 암묵적인 합의라는 느낌이었다. 그 원인은 어쩌면 남겨지는 것에 대한 공포에 있었다. 가령 유우키만 먼저 출구를 발견했다고 가정했을 때 그녀가 다섯 명이 있는 곳으로 돌아와 준다는 보장은 없다. 그대로 탈출할지도 모른다. 그렇게 되지 않도록 따라가자는 것은 자연스러운 발상이었다. 덫으로 도배된 저택이라면, 언뜻 그 자리에 가만히 있는 편이 안심되는 듯하지만, 실상은 게임의 베테랑인 유우키에게 찰싹 붙어 다니는 것도 안심되는 것이다. 이 중 어느 쪽 안심을 취하는가의 이야기인데, 이번에 모두의 지지를 모은 것은 유우키를 따라간다는 구도였다.

"살아남으려면 어쨌든 겁을 많이 낼 것."

유우키는 말했다.

"조금이라도 이상해 보이는 장소에는 접근하지 마. 평소와 다른 감각이 느껴지면 곧바로 소리를 질러. 택시 대신 곧바로 구급차를 부르는 사람이 세상에는 있는데, 모두가 모범으로 삼아야 할 플레이 스타일이 바로 그거야. 지나치게 경계해서 한 걸음도 움직이지 못할 정도가 딱 좋아."

"그런 걸로 되나요?"

질문해 온 것은 왕자님 풍의 메이드, 베니야였다.

"감시당하고 있잖아요, 이거. 너무 움직임이 없으면 주최자 측에서 개입하지 않을까요?"

"그럴 일은 없어. 내가 아는 한은 말이지. 모든 플레이어가 지나치게 경계해서 일주일 이상 아무런 움직임도 없었던 게임이라든가, 나처럼 협력적인 플레이어만 모여서 아무런 고비도 없이 안 다치고 클리어한 게임 같은 것도 있었는데, 그래도 개입이라고 할 만한 건 없었어. 어떻게 플레이할지는 참가자의 완전한 자유……라고 생각해."

그런 지시가 정식으로 있었던 것은 아니다. 유우키는 말끝을 흐렸다.

"이런 장소에서는 부정적인 인간 쪽이 강해. 그러니까 어쨌든 뭐든지 나쁜 쪽으로 상상하고, 끝도 없이 계속 의심해. 그걸 명심하기만 해도 생존율은 상당히 달라질 테니까. 또…… 맞다, 내가 루트를 찾을 거니까 되도록 내게서 떨어지지 않았으면 해."

"안전한 루트라는 게 알아낼 수나 있는 건가요?"

이번에는 금발 양 갈래 머리의 여자아이, 킨코가 물어 왔다.

"경험상으로는 꽤나 **마음고생**을 해 왔거든."

킨코는 어색해했으나, 「……마음고생이라는 건…… 덫에 걸리면 꼭 죽는 것도 아닌가 보네요.」라고 더 물어 왔다. 지금 말이 나온 김에 여러 가지를 물어봐 두자는 속내가 드러난 것일까, 아니면 유우키가 말한 〈끝도 없이 계속 의심하라〉라는 지시를 지키고 있는 것인가. 어느 쪽이든 답은 똑같았다.

"응. 한 방 먹고 끝나는 식으로는 보는 쪽도 재미없으니까. 상당히 위험한 곳을 다치거나 커다란 장애를 입게 되는 일이 아니라면 즉사하는 일은 없어."

"큰 장애라니요?"

"절대로 피할 수 없는 덫이 몇 개 있거든. 이런 탈출 유형의 게임에서는 특히나 제작비가 많이 들어간, 프로그램의 절정이 되는 부분이지. 플레이어 여섯 명이라면 아마도 한 개나 두 개려나."

"······각오해 두겠습니다."

이번에는 〈부정적인 미래를 상상〉한 것인지, 킨코는 그 이후로 입을 다물었다.

유우키의 오른팔을 꽉 잡아당기는 감촉이 느껴졌다. 이미 복도에 나와 있는 현재, 유우키는 어느 정도 경계심을 품고 있었기에 재빨리 돌아봤다. 다행히 유우키의 오른팔에 어떤 덫이 발동된 것은 아니었다. 유우키가 따로 설교할 필요가 없을 정도로 부정적인 기운을 내뿜고 있는 메이드, 아오이가 유우키의 소매를 붙잡고 있었다.

"앗."

유우키와 눈이 마주쳤다.

"죄, 죄송합니다."

작은 목소리로 사과했다.

"아니, 사과할 일은 아닌데······ 무슨 일이야?"

아오이는 그 이상 숙이면 목이 바닥에 닿겠다 싶을 정도로 수그리고「떨어지면, 안 되니까요.」라고 답했다.

아아, 하고 유우키는 말했다.

분명 유우키와 거리를 두지 않으려면 그게 최고다. 하지만 그런 걸 제안하기는커녕 상상도 못 했다. 사람은 어느 정도 나이를 먹으면 필요하지 않는 한 서로의 몸을 건드려서는 안 된다는 암묵적인 합의가 형성되는 법이기 때문이다. 귀여운 짓 좀 하지 말라는 생각이 들었다. 유우키의 얼굴에 미소가 번졌다.

이번에는 왼팔에 감촉이 느껴졌다. 쳐다보니 킨코가 왼팔에 달라붙어 있었다. 아오이처럼 소매를 살짝 건드리는 것과는 다른, 강력한 접촉이었다.

"이렇게 해도 되겠죠?"

그렇게 말한 킨코의 얼굴은 살짝 민망해하고 있었다. 남이 먹으려는 과자를 빼앗는 것도 이와 비등할 만큼 민망한 행동이라고 유우키는 생각했지만, 그녀의 기준으로는 다른 모양이다.

이어서 등에 엄청난 감촉이 일었다. 누군가가 배를 손으로 둘러왔다. 이 엄청난 감촉은 뒤에서 모모노가 안아 온 것임을 의심할 여지는 없었다. 거기에 더해 오른쪽 어깨와 오른쪽 허리에도 손이 닿아 왔는데 이는 소거법으로 베니야의 손임을 추리할 수 있었다.

"인기 폭발인데요, 유우키 님."

코쿠토가 앞에서 음흉한 표정을 짓고 있었다.

(7/23)

그렇게 합체한 채로 메이드들은 복도를 걸었다.

2회차이기 때문에 마음에 여유가 있는 듯한 코쿠토를 제외하고 전원이 찰싹 들러붙어 있었다. 아마도 모두 입 밖으로는 내지 않지만 불안을 느꼈을 것이다. 베니야가 모모노의 등을 쓰다듬고 있던 이유와 같다. 사람과 사람이 접촉하면 거기에서 안도감이 생긴다. 영하의 눈 덮인 산에서도 통용되는 법칙이다.

하지만, 뭐, 찰싹 붙어 계신 여러분께서는 그걸로 안심되겠지만, 유우키로서는 오히려 긴장될 수밖에 없었다. 교과서에 나오는 속담 그대로, 양손에 꽃을 쥔 형국이었다. 처음에는 소매에 살짝 닿을 뿐이었던 아오이도 지금은 다른 메이드들과 똑같이 완전히 접촉 중이다. 기쁘다든가 행복하다든가가 아니라 긴장한다는 점이 포인트다. 얼굴이 반반한 여자아이와 접촉하면 사람은 긴장하는 것이다. 왜일까. 얼굴이 반반한데ㅡ. 기쁨이 허용치를 뛰어넘어 버리는 걸까. 그런 생각을 하며 유우키는 탐색을 진행했다.

우선 첫 번째로 유우키 일행은 복도를 가로질러 식당과는 반대편 막다른 곳에 있는 문으로 향했다. 중요할 것 같다고 짐작했기 때문이다.

문은 잠겨 있었다. 열쇠를 찾아내서 이걸 여는 것이 클리어로 이어질 올바른 경로일 것이라고 유우키 일행은 생각했기에 그밖에 복도에 늘어선 문 안쪽을 순서대로 돌며 점검했다.

반복해서 설명하자면, 이 게임은 탈출 게임이라기보다 사람이 죽는 게임인 것이다. 열쇠를 찾아내는 것보다도 도중에 플레이어가 덫에 걸려 다치는 쪽이 본론이다. 그러므로 열쇠가 숨겨져 있는 장소는 그렇게 까다롭지 않다. 책상 위라든가 선반 속이라든가, 금방 발견할 수 있는 장소에 있는 경우가 대부분이다.

하지만—.

"없네요."

누군가가 말했다.

유우키의 침실이었다.

플레이어의 초기 배치 장소 — 이번 경우에는 침실 — 는 통상적으로 안전지대다. 자다가 깜빡 플레이어가 덫에 걸리면 게임을 망치게 되기 때문이다. 안전하기 때문에 그곳에 게임을 진전시킬 아이템이 놓여 있는 경우는 없다. 그러나 남은 곳은 이 방밖에 없었다. 다른 방은 유우키 이외의 다섯 명의 침실도 포함해서 전부 훑었다. 열쇠가 있다면 이곳밖에 없는 것이다.

그러나, 없다. 있는 건 없다는 사실뿐—.

"어떻게 판단해야 할까요."

유우키의 왼팔에 붙어 있던 킨코가 말했다.

"보이는 곳에 있는 걸 깜빡 놓친 건지, 아니면 조금 더 세세히 찾아봐야 하는 건지. 또는 열쇠를 구한다는 접근법이 잘못된 건지."

"열쇠인 건 틀림없는 것 같은데요……."

베니야가 답했다.

"그밖에 그럴싸한 건 하나도 없었으니까요."

"어쨌든 한 바퀴 더 돌까요……?"

모모노가 쭈뼛거리며 말했다.

"세세하게 찾아보는 건, 무섭거든요."

타당한 의견이다. 침대 아래나 옷장 뒤, 그런 곳까지 살펴보면 그만큼 트랩에 걸릴 리스크도 커진다. 그보다 먼저 지금까지 지나온, 즉 안전이 보장된 코스를 되짚으며 놓친 부분이 없는지 체크하는 쪽이 든든한 선택이다. 유우키도 그에 찬성한다고 말하려 했는데―.

"무슨 말씀이세요, 여러분."

단 한 명, 유우키와 합체하지 않은 무법자, 코쿠토의 목소리가 들렸다.

"안 뒤진 방, 아직 있잖아요."

"네?"

"식당 말이에요. 그 방은 딱히 세이프 에리어도 뭐도 아니잖아요?"

(8/23)

식당의 풍경은 유우키 일행이 나갔을 때 그대로였다.

다른 사람들이 없었으므로 당연하다. 식당에 들어감과 동시에 유우키를 꽉 조이고 있던 메이드들의 힘이 풀렸다. 낯익은 방이기에 안심한 것이리라.

낯익은 방―.

그 풍경 안에 열쇠는 없었다.

"없네요."

코쿠토가 말했다.

"생각해 보면 그만큼이나 오래 머물렀던 방이고, 열쇠 같은 게 있었다면 알아챘겠죠. 죄송합니다, 시간을 빼앗아서."

"아니, 뭐…… 식당이라는 건 맹점이었으니."

유우키가 말했다. 원래대로라면 자신이 눈치채야 했었던 일이었다. 초심자를 인솔하는 게 처음이어서인지, 아니면 착 달라붙은 메이드들 때문에 마음이 들떠서인지, 시야가 좁아졌던 모양이다.

"모처럼 왔으니 잠깐 쉴까."

유우키는 테이블에 다가갔다. 그와 함께 메이드들이 유우키의 몸에서 떨어졌다. 감촉이 사라지자 살짝 허전함을 느끼면서 유우키는 자리에 앉았다. 다른 다섯 명도 따라 앉았다.

탐색에 나섰던 시간은 — 이 저택에는 시계가 없으므로 유우키의 감각이지만 — 기껏해야 30분 정도이다. 휴식을 취하기에는 지나치게 짧은 노동시간이었기에 유우키로서도 긴장은 했지만 그다지 피로감은 없었다. 하지만 어쨌든 목숨이 달린 일이고, 유우키 이외의 다섯 명은 게임에 익숙하지 않기 때문에 유우키가 생각하는 이상으로 지쳐 있을 터였다. 유우키 또한 식당을 탐색 장소에서 제외한다는 어처구니없는 실수를 막 저지른 참이어서 만전을 기하고 있다고는 할 수 없다. 지나칠 정도로 겁을 내는 게 좋다. 그렇게 말한 것은 다름 아닌 그녀였다. 지금은 자신의 발언을 충실히 이행하기로 했다.

유우키는 테이블 위의 큰 접시로 손을 뻗었다. 유우키가 집으려 했던 쿠키를 한발 앞서 코쿠토가 가로챘다.

"이…… 이제 그만하시죠?"

"그만큼이나 먹었으니 이제 알잖아. 안전하다고, 이런 건. 괜찮으니까 먹고 싶은 걸 먹게 해 줘."

원망스러운 눈초리로 유우키는 코쿠토를 쳐다봤다. 당사자인 코쿠토는 미안한 기색도 없이, 「뭐야, 이 녀석.」이라는 식으로 맞받아쳐 노려보지도 않고 그저 실눈을 뜨고 근심스러운 표정으로 쿠키를 바라보고 있었다.

"……맹점……."

쿠키에서 큰 접시로 시선이 옮겨갔다.

코쿠토는 집었던 쿠키를 접시에 되돌려 놓고, 양손으로 접시를 잡았다. 라지 사이즈 피자 정도는 되는 큰 접시를 들고 널찍한 직사각형 테이블 위 아무데나로 치워 버렸다.

과연, 그 밑에는―.

큰 접시 밑에는 황금색의 열쇠 다발이 있었다.

"……하하!"

메이드들이 웅성거렸다.

코쿠토가 고리 부분에 손가락을 걸어 들어 올렸다.

"진짜 맹점이네요. 우리는 아까부터 계속 열쇠에 손을 뻗치고 있던 셈이니."

그대로 코쿠토는 일동에게 과시하듯 열쇠를 치켜들었다.

유우키는 그 모습을 살피다가 아래쪽에 반짝거리는 것이 있는 것을 발견했다.

그것은—.

그것은, 마술에 주로 쓰이는 가느다란 극세사였다.

유우키는 벌떡 일어나 그녀답지 않게 크게 외쳤다.

"—코쿠토! 엎드려!"

"뭐?"

휭, 하고 허를 찌르는, 바람을 가르는 소리가 들렸다.

(9/23)

그리고, 세 번 연속으로 소리가 났다.

첫 번째는 고속으로 날아온 〈그것〉이 코쿠토의 머리를 관통하는 소리. 작고, 건조하며, 인간의 뇌를 꿰뚫었다고는 도저히 믿어지지 않는 소리였다. 두 번째는 홀로 일어설 수 없게 된 코쿠토가 〈그것〉으로부터 충격을 받은 방향 그대로 쓰러진 소리. 그리고 세 번째는 그녀가 놓친 열쇠 다발이 테이블 위로 떨어지는 소리였다.

또, 엄밀히는 유우키의 의자가 쓰러지는 소리도 네 번째로 이어졌다. 황급히 벌떡 일어나다 보니 의자를 걷어차고 만 것이다. 하지만 그뿐이었다. 셋이든 넷이든 그뿐, 코쿠토의 생명은 종료되었다.

숨이 끊어졌다.

본 게임, 최초의 희생자였다.

"——!"

소리 없는 비명이 나왔다.

모모노가 머리를 감싸 쥐었다. 앉은 자세 그대로 작게 웅크리고, 소원이 이뤄진다면 이대로 어머니의 뱃속으로 돌아가고 싶다는 포즈였다.

사태에 대한 리액션으로서는 그것이 최대였고, 그밖에 패닉을 일으킨 메이드는 없었다. 그것이 그나마 다행이었다. 하지만 어디까지나 패닉에 이르지 않았을 뿐이고, 누구 하나 쇼크를 안 받은 사람은 없었다.

전원, 얼굴에 핏기가 사라졌다.

이것이 죽음의 게임이라고 마음 깊이 이해한 표정이었다.

"지금, 그것은."

시간이 얼마나 지났을까. 입을 열 정도로 정신을 회복한 최초의 메이드는 킨코였다.

"지금 그것이, 트랩인가요?"

아직 얼이 빠져 있음이 느껴지는 질문이었다. 유우키는 고개를 끄덕였다.

"곧잘 있는 방식이야. 중요한 아이템 주변에, 특히 위험한 덫이 있어. 더 강하게 말해둘 걸 그랬어."

코쿠토의 시체를 바라보며 유우키는 말했다.

유우키를 제외한 유일한 게임 경험자—. 탈출 유형의 게임에 적용되는 이 황금률을 몰랐던 걸까, 아니면 지식으로서는 알고 있었지만 피와 살로는 만들지 못했던 것인가. 진상을 알 방법은 이제 없었다.

한 박자만 더 일찍 지시했더라면, 이라고 유우키는 생각했다. 덫이 작동하는 건 막을 수 없었다고 해도 고개만 숙였다면 그 덫은 회피할 수 있었을 터였다. 유우키가 조금 더 본격적으로 임했더라면, 초심자를 인솔한 경험이 과거에 한 번이라도 있었다면, 유우키가 코쿠토보다 먼저 열쇠의 위치를 깨닫기만 했더라면— 또는 사전에 의식해서 호흡을 가다듬기만 했어도 코쿠토의 운명은 바뀌었을지도 모른다.

그녀에게 미안했다.

하지만 입 밖으로 내지는 않았다.

유우키는 자리에서 일어나 코쿠토의 시체를 검사했다. 시체임은 확실했다. 의심할 여지 없이 숨이 끊어져 있었다. 아이스 픽과도 비슷한 금속 침이 머리를 관통한 상태였다. 오른쪽 관자놀이에서 왼쪽 관자놀이로, 마치 그런 분장 용품을 착용한 듯한 모습이었지만 명백히 현실이었다.

"그…… 그거."

말을 꺼낸 것은 베니야였다. 〈그것〉이란 말이 적절치 못했다고 생각했는지, 곧바로 정정했다.

"그녀는, 어떻게 할 건가요."

"어떻게 하고 뭐고, 여기에 두고 갈 수밖에 없어."

유우키는 답했다. 그 목소리는 담담했다.

"여기서는 묻어 줄 수도 없고 말이지. 가능한 일이라면 합장해 주는 것 정도지만, 별로 추천하고 싶지 않아."

"왜죠?"

킨코가 물었다.

"앞으로 두 손을 모을 여유조차 없는 상황이 있을지도 모르니까. 코쿠토 님께는 명복을 빌어줬는데 다른 사람에게는 그러지 못했다. 그렇게 되면 마음속에 나약함이 생겨. 그 나약함은 결정적인 순간에 우리에게 적의로 드러날지도 모르고. 이런 종류의 게임에서 정신적인 상처라는 건 상상 이상으로 무겁거든. 그래서 나는 누가 죽어도 애도하지 않아. 게임이 끝난 뒤에 모아서 하고 있어."

"……그렇군요."

유우키는 테이블로 눈을 돌렸다. 정확히는 테이블 위의 열쇠 다발에 시선을 향했다. 트랩의 방아쇠가 된 것으로 보이는 가는 실은 아직 연결되어 있었다. 이중 장치로 된 덫일 가능성도 있었다. 유우키는 충분히 경계하며 가는 실을 절단했다.

아무것도 없었다.

열쇠 다발이 유우키의 손에 들어왔다.

"아마 이걸로 그 문을 열 수 있을 거야."

한 명 줄어든 메이드 일행을 둘러보며 유우키는 말을 이었다.

"모두, 아직도 진행할 생각, 있어?"

(10/23)

다섯 명의 메이드는 다시 합체했다.

합체해서 복도를 나아갔다. 아무도, 아무 말도 하지 않았다. 다섯 명의 발소리만 울릴 뿐이었다.

덫은 없었다. 이미 한 번 지나간 길이었기에 당연했다. 모두 문제없이 문 앞에 도착해, 거기서 일단 합체를 풀었다. 열쇠를 꽂은 순간 악몽이 재연될 수도 있기 때문이었다. 유우키는 몸을 낮추도록 지시하고 문에 다가가 열쇠 다발의 열쇠들을 하나하나 차례대로 자물쇠에 꽂아 봤다.

세 번째 열쇠가 들어가더니, 돌아갔다.

그리고 문이 열릴 뿐, 다른 건 아무 일도 일어나지 않았다.

아까 막 들떴다가 낙심한 참이었기에 유우키를 포함해 메이드들은 누구 하나 기뻐하는 기색을 내비치지 않았다. 경계를 풀기는커녕 한층 더 강화하며 방으로 들어갔다.

육각형 형태의 방이었다.

지금까지 들어갔던 방들과는 다소 다른 분위기였다. 연구소나 병원을 연상시키는, 사방팔방 모든 것이 새하얀 방이었다. 가구라고 부를 만한 것은 무엇 하나 존재하지 않는, 명백히 주거 공간으로서 만들어진 방이 아님을 알 수 있었다.

그 이외의 목적을 지닌 방—.

게임을 위한 방이었다.

"이건……."

심상치 않은 기척을 감지한 듯 킨코가 입을 열었다.

"아까 말씀하신 커다란 장애, 라는 건가요."

"아마도."

회피할 수 없는 덫. 게임 진행을 위해 어쩔 수 없이 덤벼들어야 하는 덫—.

들어온 문의 정반대 쪽에 또 다른 문이 있었다. 슬라이드식이고, 손잡이 위에 〈닫힘〉이라고 적힌 패널이 붙어 있었다.

그 글자가 의미하는 그대로였다. 문은 꿈쩍도 안 했다. 완력으로는 어쩔 수 없는 힘이 작용하고 있었다.

"저…… 저기!"

모모노의 목소리가 들렸다.

"이쪽 문이, 안 열려요!"

일행이 들어왔던 문 쪽에서 모모노가 손잡이를 쥐고 찰칵찰칵 소리를 내고 있었다. 물론 장난치고 있는 것은 아니었고, 열려고 하는 것일 텐데 손잡이가 전혀 돌아가지 않았다.

퇴로를 끊은 것인가.

"갇혔네."

유우키는 침착하게 말했다.

"여기서 할 일을 하지 않으면 이러지도 저러지도 못할 것 같아."

"할 일을 한다면, 그…… 〈저것〉인가요?"

그렇게 말한 베니야의 시선은 벽면을 향하고 있었다.

육각형의 방―. 각각의 벽에는 하나씩 레버가 달려 있었다. 지금까지 문 이야기만 지겹도록 해왔기에 레버라고 하면 도어 레버를 연상시킬 수도 있겠지만, 이건 달랐다. 거대 로봇을 발진시킬 때 쓰일 법한, 두 개의 금속 막대를 하나의 손잡이로 연결해 위에서 아래로 잡아당겨 내리는 타입의 레버였다. 그것이 육각형 방 안에 여섯 개 달려 있었다. 그중 네 개는 벽의 정 가운데 있었고, 나머지 두 개, 즉 입구와 출구의 문이 있는 벽의 레버는 벽 정중앙에 있는 문에서 약간 빗겨난 위치에 있었다.

어쨌든 여섯 개의 레버였다.

"동시에 잡아당기는 걸까."

유우키는 그렇게 말하며 레버에 손을 뻗었으나 만지지 않았다. 자기 혼자라면 모를까, 초심자를 끌어들일 수 있는 상황에서 쓸데없는 위험을 감수할 필요는 없기 때문이다.

"여섯 개의 레버를 동시에 내린다. 그리고 또 한바탕 소동이 벌어질 것 같은데…… 아무튼 그렇게 하면 진전이 있을 거야."

"동시에……."

모모노가 겁에 질려 말했다.

"하지만 우리는……."

여섯 개의 레버는 코쿠토가 죽었다는 사실을 잘도 나타냈다. 그렇다. 이곳에는 다섯 명밖에 없다. 레버에 비해 사람 수가 모자란 것이다.

"설마 이걸로 막힐 리는 없을 것 같은데요."

베니야가 말했다.

"죽을 수 있는 덫이 있었던 만큼, 그걸 상정한 게임으로 꾸며 놨을 겁니다. 예컨대 하나만 안 내려도 되는 레버가 있다든가, 한 번 내리면 내려간 채로 있는 레버가 있다든가. 또는 메이드복으로 밧줄을 만들어서 아래 고정한 상태로 가능할지도 몰라요."

"애당초 레버를 당길지 말지도 확정이 아니니까."

유우키는 호소하듯이 말했다.

"내가 말해 놓고 뭣하지만, 이런 건 제2의 루트가 있기도 하거든. 그러면 쉽게 빠져나갈 수 있기도 하고, 보는 쪽에서도 재미있으니까. 뭐든지 의심하고 덤비는 게 살아남는 비결이야. 레버를 만지는 건 최후의 수단이라고 생각하는 게 좋아."

"여러 가지를 시도해 보라는 건가요……."

갇혔다고는 해도 조금 전에 배불리 과자를 먹은 참이다. 굶어 죽을 걱정은 안 해도 됐고, 시간에는 여유가 있었다. 다섯 명의 메이드는 생각해 낼 수 있는 모든 시행착오를 행했다. 레버를 내리는 것 이외에 문을 열 수단은 없는 것인가. 그 문 외에 탈출구는 없는 것인가. 사람의 힘을 쓰지 않고 레버를 내려놓을 방법은 없는가. 한동안 기다리다 보면 뭔가 좋은 일이 일어나지 않을까.

하지만 그 모든 것이 헛수고였다.

시도하면 할수록 〈그것밖에 없다〉는 점이 부각됐다.

"역시 레버를 건드려 보는 수밖에 없네요."

말을 꺼낸 것은 킨코였다.

"안전하고 확실한 숨겨진 루트. 있을지도 모르지만 그래도 찾아내지 못한다면 어쩔 수 없잖아요. 할 일은 해야 하지 않을까요?"

유우키가 체감하기로는 1시간 정도 경과했다. 그냥 1시간이 아니다. 폐쇄 공간에서 목숨이 걸린 상황 속에 아까 막 알게 되었을 뿐인 사람들과 보내는 1시간이다. 난로 앞에 1시간 서 있는 것보다 더 길게 느껴졌을 것이다. 실제로 유우키가 고개를 들어 주위를 돌아보자, 메이드들의 얼굴에는 피로가 엿보이기 시작했다. 앞으로도 게임이 더 이어질 텐데, 타협한다면 이쯤이 적당하려나―.

"……그렇게 할까?"

유우키는 그렇게 말하고 각자에게 시선을 보냈다. 「네.」라고 분명히 답한 것은 베니야뿐이었고, 모모노와 아오이도 말은 없었지만 고개를 위아래로 끄덕였다.

"좋아. 그럼, 하자."

메이드들은 제각각 위치에 서서 레버를 쥐었다.

"결국 꽝인 레버가 한 개 있다고 해석해도 될까요?"

베니야가 물었다.

"응. 어쨌든 그 방침으로 가자고. 현 위치에서 순서대로 왼쪽으로 옮겨가면서 무슨 일이 일어나는지 시도해 본다. 그래도 안 되면…… 옷이 아깝긴 하지만 레버 고정을 고려해야겠지."

"유우키 님의 생각을 지금 듣고 싶어요."

킨코가 물었다.

"이 레버를 잡아당겨서 그걸로 끝은 아니겠죠. 대체로 상상은 되지만…… 무슨 일이 일어날까요?"

"아마도 모종의 서브 게임이 시작될 거야."

비밀로 할 이유도 없다. 유우키는 경험한 바 그대로 답했다.

"예를 들어 이 방에 물이 들어차서 시간 내에 퍼즐을 못 풀면 익사한다든지. 갑자기 바닥이 활짝 열려서 레버에서 손을 떼면 암흑 속으로 떨어지게 된다든지. 그런 일이 일어날 거라고 생각해 줬으면 해. 올바른 선택을 하면 안 다치고 빠져나갈 수 있겠지만, 뒤집어 말하면 자칫 잘못하다가는 전멸까지 가능해."

"정말로 방송 프로그램 같네요……."

베니야가 말했다.

"이렇게까지 잘 만들었는데 촬영만 하는 건 아까운 것 같은데 말이죠……. 더 다양하게 돈을 벌 방법이 있을 것 같은데."

베니야는 투덜대며 말했다.

"또 질문할 게 있나?"

유우키는 목소리가 멀리까지 닿도록 외쳤다.

"아니요."

답한 것은 킨코뿐이었다. 모모노와 아오이는 또 말없이 의사만 표시한다.

"그럼, 시작한다. 하나, 둘, 셋으로 신호를 보낼게."

유우키는 말했다. 한 박자 두고—.

"하나, 둘, 셋!"

레버를 당겼다.

모두가 동시에 움직였다. 그 자체로는 성공이었다. 그러나 그 이외에 아무 일도 일어나지 않았다. 서브 게임 같은 것은 시작되지 않았고, 문의 〈닫힘〉도 그대로였다.

3초 정도 기다린 후 유우키는 레버에서 손을 뗐다. 철컹, 하는 소리가 울리며 레버가 원래 위치로 올라갔다. 나머지도 전부 그렇게 했다. 앞서 말한 대로 왼쪽으로 한 칸씩 자리를 옮겨 사용하지 않는 레버를 바꾸고 다시 시도했다. 그래도 아무 일도 일어나지 않는다. 또 한 칸 옮겼다.

"하나, 둘, 셋!"

무반응이었다. 그 다음 배치에서도 역시나 무반응이었다.

조건이 다른 것일까. 설마 정말로 여섯 명이 필요한 것인가—.

그런 분위기가 메이드들 사이에서 흐르기 시작했고, 그 분위기에 맞추듯 다섯 번째 시도도 실패했다. 마침내 다음 기회라는 건 없어졌다.

"하나, 둘— 셋!"

유우키가 외치며 한층 더 세게 레버를 당겼다.

철컹, 하는 다섯 소리가 동시에 울렸다.

그러나 그뿐이다. 그 뒤에는 침묵만이 남았다.

"……."

모두가 각각 다른 이의 상태를 살펴보고 있었다.

누군가가 의식적으로 깨지 않는다면 영원히 이어질 침묵이었다.

"저기."

경험자의 의무로서 유우키가 용기 내서 입을 열었다.

"아무 일도 일어나지 않았으니…… 일단 집합해 줘."

그렇게 말하며 유우키는 레버에서 손을 뗐다. 시선은 모두를 보고 있었다. 레버 쪽은 돌아보지 않았다. 안 봐도 무슨 일이 일어날지 예상은 하고 있었다. 위로 돌아가려는 힘이 레버에 작용하고 있기 때문에 유우키가 힘을 빼면 그 손은 덩달아 끌려 올라갈 것이다. 손바닥에 그런 감촉이 전해지는 것을 유우키는 무의식중에 예상했다.

그러나 감촉이 느껴진 곳은 손바닥이 아니었다.

손목이었다. 손목에 조여드는 감촉이 있었다.

"엇."

유우키는 뒤돌아봤다.

수갑이 채워져 있었다.

레버 옆에 금속 고리가 나와 있었다.

레버와 수갑이 연결되어 있는지 레버가 위로 올라갈수록 손목의 조임도 강해졌다. 레버 위쪽으로 3할 정도 여유가 있는 부분에서부터 손목이 아파지기에 그만 시험하기로 했다. 아마도 완전히 힘을 빼면 손목이 뜯겨나갈 것이다. 반대로 레버를 당기면 구속은 헐거워지지만 가장 아래까지 당겨도 수갑에서 풀려날 정도로 헐거워지지는 않았다.

구속되었다.

그것은 명백히 게임 시작을 알리는 신호였다.

바닥 일부가 순식간에 밀려 올라와 곧바로 천장에 도달했다. 유우키의 시점에서 봤을 때, 그것은 2개의 벽이었다. 육각형의 꼭짓점에서 방의 중앙까지 유우키의 양옆으로 2개의 벽이 올라와 다른 네 명과 분리하고 있었다. 그리고 그녀를 구속하는 벽과 맞춰지더니 정확히 삼각형을 만들었다. 다른 메이드들도 같은 광경을 보고 있을 것이다. 육각형 형태의 방이 케이크 자르듯 여섯 등분으로 나눠졌다.

신경에 매우 거슬리는 소리가 들려왔다.

그 소리가 나는 곳은 천장이었다. 유우키가 고개를 들어 위를 바라보자 둥근 톱이 천장에서 튀어나왔다.

삼각형에 맞춘 형태로 하나, 둘, 셋 튀어나온 그것은 고속으로 회전하고 있기에 거기에 칼날이 달린 것을 유우키는 눈으로 볼 수 없었다. 하지만 어차피 달려 있을 것이다. 설령 안 달려 있다고 해도 저 정도의 회전수를 자랑하는 금속판이니, 접촉하면 목숨은 없다고 생각해도 좋다.

그것들은 서서히 유우키에게 접근하고 있었다. 빠르다고는 할 수 없지만, 저속이라고도 할 수 없다. 플레이어의 심장을 절묘하게 벌렁거리게 만드는 속도였다. 이 속도에 이르기까지의 시행착오가 추측되었다. 유우키는 〈저것〉이 바닥에 도달한다면 아무리 벽에 달라붙어 있더라도 살상을 피할 수 없을 것이라고 판단했다. 평범하게 피하는 것은 무리다.

멈춰야만 한다.

벽에 속박당한 이 상태로, 그래도 뭐든 해야만 한다.

"유우키 님! 유우키 님!"

통통 벽을 두드리는 소리가 들렸다. 킨코였다.

"톱이! 동그란 게 내려오고 있어요!"

"알고 있어."

냉정하게 유우키는 말했다. 실제로 냉정했다. 여러 차례 겪은 게임이라서일까. 유우키는 위기가 다가올수록 냉정해지는 정신 구조를 갖게 되었다. 처세술이라는 것이다. 생각하면 할수록 대단한 것은 인간의 환경 적응 능력이었다.

자. 우리는 뭘 하면 좋을까. 답은 〈있다〉는 것이 전제였다. 〈없다〉라면, 이것이 실수를 저지른 플레이어에 대한 처벌이라

는 포지션이라면, 무슨 짓을 해도 소용없기 때문이다. 그래서 답이 〈없다〉에 대해서는 생각하지 않았다. 레버를 적당히 철컹철컹 움직이며 유우키는 사태의 시작인 밉살스러운 수갑을 관찰했다.

측면에 열쇠 구멍 같은 것이 있음을 발견했다.

열쇠 구멍—.

열쇠로 열 수 있다.

곧바로 수갑에 구속되지 않은 한쪽 손으로 열쇠 다발을 잡았다. 메이드복의 앞치마 주머니에 있었다. 황금색 고리에 달린 여러 개의 열쇠들에 얼굴을 찌푸리면서도, 시선을 빠르게 좌우로 움직이며 하나하나 열쇠를 골랐다.

구멍에 맞을 듯한 형태를 발견한 것은 거의 끄트머리였다. 열쇠를 꽂고 그대로 비틀자, 기분 좋은 소리가 나면서 수갑이 풀렸다. 그와 동시에 끔찍한 소리가 살짝 줄어들었다. 쳐다보니 유우키의 머리 위의 원형 톱이 셋 다 정지해 있었다.

이런 구조인가. 유우키는 생각했다.

원형 톱이 멈췄음에도 불구하고 소리는 계속 이어지고 있었다. 멈춘 것은 이쪽의 톱뿐이다. 나머지 네 명도 이걸 해야 하는 것이다.

하지만— 어떻게?

유우키는 삼각형의 방 전체를 내다보며 생각했다. 벽은 천장까지 이어져 있다. 하지만 어딘가에 구멍이 있을 터였다. 그렇지 않다면 이 열쇠 다발을 건넬 수가 없다. 모두의 수갑을 〈이것〉으로 풀 수 있을 것이다. 사람에 따라 수갑을 푸는 조건이 다를 수도 있겠지만 그때는 각자 어떻게든 하는 수밖에 없기에 그때 일은 그때 고민할 일이었다.

삼각형의 정점, 원래 방의 중앙에 있는 벽에 틈새가 있었다.

그곳을 눌러 보자 쉽게 분리되어 반대편으로 떨어졌다. 벽 안쪽, 여섯 등분으로 나뉜 케이크의 정중앙, 여섯 개의 벽이 합류하는 지점에 우체통의 투입구만큼의 빈틈이 생겼다.

"방의 정중앙!"

원형 톱에 지지 않도록 유우키는 목소리를 높였다.

"거기로 아까 열쇠 다발을 넘길게! 그걸로 모두의 수갑을 풀 수 있어! 수갑을 풀면 천장의 원형 톱은 멈춘다!"

그저 사실을 열거할 뿐인 어설픈 설명이었다. 하지만 어쩔 수 없다. 긴급 상황인 것이다. 한 번만으로는 깜빡 놓칠 수도 있으므로 비슷한 말을 여러 번 외치며 유우키는 벽의 틈새에 손을 집어넣어 열쇠 다발을 뒀다.

그 순간─.

"익─."

네 개의 손이 일제히 유우키의 손을 더듬었다.

오싹한 감촉에 유우키는 깜짝 놀라 손을 뺐다. 물론 열쇠 다발은 두고 왔다. 벽 틈새로 철컹철컹하는 소리와 함께 손이 꿈틀거리고 있었다.

열쇠를 서로 빼앗으려 다투고 있는 것이다.

단 하나의 열쇠에 네 사람의 손이 뒤엉키는 그 광경에 유우키는 어째서인지 외설스러움을 느꼈다. 손에 페티시즘을 느끼는 사람의 기분을 지금이라면 알 수 있을 것 같았다.

"다, 다투지 마! 한 사람 줄었으니, 모두가 쓸 시간적 여유는 있어!"

〈한 사람 줄었으니까〉라는 말이 저도 모르게 튀어나왔다. 하지만 사실이다. 줄어든 사람 수에 맞춰 제한 시간이 재설정되었을 가능성도 부정할 수 없지만, 어느 쪽이든 잘만 하면 모두가 살아남을 수 있는 설정으로 되어 있을 터였다.

이런 식으로 서로를 망치지만 않는다면, 전원이—.

손 하나가 열쇠 다발과 함께 사라졌다.

그에 다른 손들도 모습을 감췄다.

열쇠를 쟁취한 것이 베니야임을 유우키는 꿰뚫어 보고 있다. 식당에서 모두와 과자를 두고 실컷 다퉜던 유우키였다. 손만 보고 누구의 손인지 구분할 안목을 획득한 것이다.

가장 먼저가 베니야라는 것은 유우키로서는 당연했다. 그녀는 키가 컸기 때문이다. 메이드들의 한쪽 손은 수갑에 걸려 있기에 방 중앙에 손이 닿도록 하려면 몸을 상당히 길게 뻗어야 한다. 이미 수갑은 존재하지 않았지만, 유우키도 그 자세만 흉내 내 봤다. 아슬아슬하게 닿을 정도였다. 인간의 양손을 펼친 길이는 키와 거의 같은데, 유우키의 키는 평균보다 컸다. 유우키조차도 이러니 몸이 작은 아오이나 킨코는 더 힘들 것이다. 역으로 늘씬한 베니야라면 쉬운 일일 터였다. 거리에 여유가 있나 없나. 열쇠 쟁탈전을 벌일 때 이 어드밴티지는 어마어마하다. 우선 1등은 베니야. 이는 흔들리지 않는 사실이었다.

철컹철컹하는 소리가 또 들려오기 시작했다. 몸을 굽혀 틈새 안을 들여다보니 네 개의 손이 또 꿈틀거리고 있었다. ─네 개. 유우키는 눈썹을 찡그렸다. 거기에는 어째서인지 이미 구속을 풀었을 터인 베니야의 손이 있었다. 뭘 하는 건가 싶은 그때, 유우키의 머릿속으로 한 가지 생각이 스쳤다.

그녀는, **누군가의 편을 들고** 있었다.

베니야 쪽에서 왼쪽 방에 있는 모모노에게 열쇠 다발을 쥐여 주려고 하고 있었던 것이다.

유우키는 뭐라 할 수 없는 기분에 잠겼다. 그것은 베니야에게 모모노의 생존이 다른 두 명보다 우선임을 의미했다. 분명 그런 기색은 있었다. 그 두 사람은 이따금 거리가 가까웠다. 하지만 그렇다고 해도─.

유우키는 그 행위에 중지를 요구할 수 없었다.

베니야의 기대대로 열쇠는 모모노의 손에 들어갔다. 원형 톱의 거슬리는 소리에 섞여 철컹철컹하는 금속의 마찰음이 미미하게 들려왔다.

유우키는 벽에 등을 대고 앉았다. 상당히 곤란한 상황이었다. 두 번의 쟁탈전으로 시간을 낭비한 상태였다. 원형 톱이 어디까지 진행됐는지 유우키의 시점에서는 알 수 없었지만, 이 장치가 **제대로 된** 게임 밸런스대로 설정되어 있다면 전원이 살아남는 결말은 이미 없을 것이다. 누군가가 죽는다. 킨코나 아오이 중 한 명이, 또는 양쪽 다 죽는다. 이렇게 된 이상 유우키는 말을 걸 수 없었다. 묵묵히 당사자들에게 맡기는 수밖에는 없는 것이다.

바라본들 미래가 좋아질 일도 없었지만 그래도 유우키는 벽의 틈새에서 눈을 떼지 않았다. 〈마지막 모습까지 지켜보자〉라는 갸륵한 감정은 아니었다. 그곳에는 그저 〈눈을 뗄 수 없다〉 이상으로 상세히 분류할 수 없는 구심력이 있을 뿐이었다.

혹은 이 게임의 〈관객〉도 같은 심정인지도 모른다.

결론부터 말하면 다툼은 일어나지 않았다.

지금까지 손끝이 겨우 닿기만 했던 벽의 틈새에 갑자기 손목이 들어왔다.

이어서 손목을 넘어 팔뚝 정도까지 들어왔다. 틈을 통과해 건너편의 모모노가 있을 공간에까지 손이 뚫고 지나갔다.

킨코의 팔이었다.

그 점은 금방 알아챘다. 하지만 알 수 없는 것은 그 팔이 거기에 있는 이유다. 거리가 이상하다. 이렇게 여유가 있을 리가 없다. 베니야도 이런 곡예는 불가능하다. 한 팔이 벽에 고정된 킨코가 이 위치까지 다른 한쪽의 팔을 가지고 올 수 있을 리가 없다.

유우키는 깨달았다. 아마도 그녀는—.

이 이상 불가능할 속도로 팔이 다시 빠져나갔다. 한순간이 었지만 그 손이 모모노로부터 직접 넘겨받은 열쇠 다발을 쥐고 있던 것, 틈새를 스치는 열쇠 다발이 찰랑하고 소리를 낸 것, 유우키는 그 두 가지를 확인할 수 있었다.

킨코의 방은 유우키의 옆이었기에 벽에 귀를 갖다 댔다. 철컹철컹, 하고 이제는 정말 시간이 없을 터이기에 침착하지 못한 상태로 열쇠 다발을 다루는 소리가 유우키의 귀에 들렸다. 제발. 제발. 제발. 한마음으로 기도했다. 당사자들에게 맡기기는 했지만 그래도 살아남아 주기를 바라는 마음은 변함이 없다. 말을 걸고 싶었지만 유우키는 구태여 그러지 않았다. 이런 것으로 킨코의 주의력을 소비시키고 싶지 않았기 때문이다. 걱정을 완전히 마음속에 봉인하고 유우키는 그저 때를 기다렸다. 유우키가 열쇠를 풀 때 들었던 것과 같은 종류의 기분 좋은 소리, 거기에 열쇠 다발을 두는 듯한 금속음이 멀리서 울렸고, 그리고—.

작게 벽을 두드리는 소리가 들렸다.

"—윽."

약한 소리였다. 그러나 분명히 들렸다. 그것은 건너편에 있는 인간의 자유 의지를 전해주고 있었다. 킨코의 생환을 전해주고 있었다.

유우키는 안도의 한숨을 내쉬었다.

그와 동시였다.

"아—."

그것은,

"아아아아!! 아아※※※※※아※※※※※!! ※※※※※!!
※※※※※※!! ※※※※※※아!! ※※※아※※※※아※!!
※※※※!! ※※※※※아※아※아아아아※아아아아아아아!!"

그것은 아무도 들어 본 적이 없던 목소리였다.

무리도 아니다. 그도 그럴 것이 그녀는 여기에 이르기까지 거
의 목소리를 내지 않았기 때문이다. 비명은커녕 청취 가능한 음
량의 목소리조차 이번에 처음 들은 여자아이도 있었을 것이다.

말이 없는 메이드, 아오이—.

그것은 그녀가 드디어 내지른, 일생일대의 전력을 다한 포
효였다.

(12/23)

소리가 멈췄다.

오락실을 나선 직후처럼 귀가 허전함을 호소했다.

그 요청에 응하듯, 또 소리가 났다. 게임 도구들이 모습을 감
추는 소리였다. 솟아오른 벽은 바닥으로 돌아가고, 18개의 원
형 톱도 천장으로 돌아간다. 돌아가지 않은 것은 열쇠를 주고
받기 위해 유우키가 떼어 낸 벽 일부뿐이었다. 삼각형의 방은

육각형으로 돌아갔고 벽에 기대고 있던 유우키는 그대로 쓰러졌다.

그리고 또 한 사람이 쓰러졌다.

벽 너머에 있던 킨코였다.

유우키는 몸을 일으키고 킨코를 바라봤다. 엎드려 쓰러진 자세인 채로 그녀는 바르르 떨고 있었다. 아마도 울고 있으리라. 목소리를 내는 것인지, 숨을 토하는 것인지, 또는 경련을 하는 것인지 판별하기 어려운 행위를 일정 리듬으로 반복하고 있었다. 원형 톱이 스쳤는지 메이드복 여기저기와 아름다운 금발 일부에 손상이 있었다.

또 그녀는 **오른쪽 손목부터 손끝까지가 없었다.**

그것은 벽 가까이에, 떨어져 있었다. 그것이 아까 본 상황의 진상이었다. 킨코는 자기 손목을 절단한 것이다. 수갑에서 벗어나려면 이 이상 쉬운 방법은 없다.

물론, 인간의 몸은 프라모델이 아니기에 절단하려고 마음먹고서 곧바로 할 수 있는 것은 아니다. 그것을 실행한 것은 킨코가 아니라 수갑 쪽이었다. 수갑에는 레버 위아래 양쪽에 조임 강도를 증감하는 기능이 있었다. 위로 가면 강해지고, 아래로 가면 약해진다. 가장 위까지 가면 손목이 뜯겨나갈 것임을 유우키는 추측하고 있었다. 그야말로 이 게임이 준비한 모범답안이었다. 다른 플레이어가 손끝만으로 열쇠를 노리는 와중에 용기 있게 한쪽 손을 자르고 전력으로 열쇠를 집으러 간 인간이 생환한다.

그런 것이다. 희생을 불사하는 마음을 요구하는 게임인 것이다.

무탈한 생환을 포기했기에 킨코는 연명할 수 있었다.

그 몸이 떨고 있는 것은 분명 아픔 때문만은 아니었다.

"미안해요."

작게 내뱉은 그 말이 아주 가까운 거리에 있던 유우키의 귀에 닿았다. 한 번이 아니라 간헐적으로 감정이 격해질 때마다 그 말을 토해내고 있는 듯했다.

아오이 뺨칠 정도로 작은 목소리였다.

그 아오이로 말할 것 같으면, 킨코의 옆방— 에 해당하는 영역에 〈있었다〉.

"뭐……죠? 〈저건〉."

모모노의 목소리가 들렸다. 그녀와 베니야는 서로 몸을 기대고 서 있었다. 둘 다 사흘 밤낮을 쉬지 않고 강제로 일한 듯한 짙은 피로감이 엿보였다.

"왜, **빨갛지 않죠?**"

공포도 혐오도 아닌, 곤혹스러움을 많이 품은 목소리였다.

원인은 아오이의 상태에서 찾을 수 있었다. 세 개의 원형 톱으로 전신이 파괴된 그녀는 주위에 생생한 빨간색을 흩뿌리지 **않았다**. 아직 색이 선명한 살점을 드러내지 않았고, 피비린내나 창자에 남아 있던 분변의 악취를 내뿜지도 않았다.

그곳에는 그저 폭신폭신한 하얀 것이 있을 뿐이었다.

그것은 마치 솜이 튀어나온 인형의 형상이었다.

그렇구나, 라고 유우키는 생각했다. 보는 건 이번이 처음이었다. 코쿠토 때는 손상이 거의 없었기 때문이다. 유우키는 「방부 처리야.」라고 해설을 시작했다.

"사람이 보는 거니까……. 지나치게 실감 나지 않도록 이런 조치를 취하는 거야. 이 게임에서 죽은 인간은 이렇게 되지."

"너무 빠른 거 아닌가요."

베니야가 말했다. 대화함으로써 조금이라도 냉정함을 되찾고자 하는 눈치였다.

"피와 살을 닦고 솜을 뿌리고, 악취 제거까지 해서 현장의 생생함을 완전히 지우다니, 처리할 시간이래 봐야 고작 몇 초밖에 없었는데."

"아, 아니. 처리라는 건 그런 뜻이 아니라……."

유우키는 고개를 저었다.

"미안. 말을 잘못했어. 〈방부 처리〉는 죽은 뒤에 하는 게 아니라 처음부터 되어 있거든."

모모노도 베니야도 이해가 안 간다는 표정을 지었다. 유우키는 추가로 설명했다.

"나도 자세히는 모르지만…… 예를 들어 들어 저 하얀 건 전부 원래 아오이 님의 혈액이었어. 공기에 닿으면 눈 깜짝할 사이에 굳어지게 되어 있는 거야. 그러니까 다쳐도 지혈은 하지 않아도 돼. 그리고…… 냄새가 안 나는 건, 그것도 애초부터, 우리도 체취가 나지 않게 되어 있을걸. 그리고 시체를 방치해도 살이 부패하지 않아. 방부제나 뭔가를 주입해 뒀을 거야."

두 사람의 얼굴이 순식간에 혈색을 잃었다. 충격을 준 건 미안하지만, 그래도 전하고자 한 것은 전달된 모양이다. 「도시 전설이 아니라고요.」라고 베니야는 말을 이었다.

"그런, 첨가물만 먹은 시체는 잘 안 썩는다 같은…… 그, 그러니까 우리는…… **육체를 개조**당했다는 건가요?"

"음. 이곳으로 옮겨지는 사이에. 그래서 헌혈 같은 건 절대로 해서는 안 돼. 게임 후에 안내받겠지만."

이번에야말로 베니야는 완전히 입을 다물었다.

그대로 핏기가 빠져나가 쓰러지는 게 아닐까, 싶은 기세였다. 당연히 정말 쓰러지지는 않았지만 힘없이 고개를 떨궈, 비교적 데미지가 적은 듯한 모모노가 그 등을 어루만졌다. 입장이 역전되었다.

유우키는 다시 킨코와 마주했다. 자세는 바뀌지 않았다. 엎드려 정신을 놓고 울고 있다. 간헐적인 〈미안해〉도 아직 이어지고 있었다. 그 오른쪽 손목에는 〈방부 처리〉의 성과가 나타나고 있었다. 폭신폭신한 솜뭉치가 오른쪽 손목의 피를 틀어막고 있었다.

"말하지 않는 게 좋아."

유우키는 충고했다.

"생각하는 건 좋지만, 소리 내서 말하지 않는 게 나아. 내뱉으면 약해지니까."

킨코에게 반응은 없었다.

심정은 짐작이 가는 바다. 부모의 빚을 나서서 떠맡을 정도로 〈별난〉 책임감의 소유자, 감정은 한층 더할 것이다. 육체적으로도 정신적으로도 이 게임에서 가장 망가진 것은 이 아이라고 할 수 있었다. 그 책임의 얼마간은 지도를 잘못한 유우키에게도 있으므로 미안한 마음은 어느 정도 존재했으나 유우키는 그것을 의식적으로 제어하고 있었다. 자기 행동 탓에 곤란한 일이 일어났다고 해도, 게임 중에는 그에 대해 무책임한 태도를 유지한다. 아주 오래전 그렇게 정했다. 그렇기에 코쿠토가 죽었을 때도 아무 말도 하지 않았고, 킨코에게도 설령 본인으로부터 사죄를 요구받았다고 해도 거부할 작정이었다. 그것이 규칙이다. 이 세계에서 1분 1초라도 더 오래 살기 위한 철칙인 것이다.

그녀에게도 그렇게 되기를 바랐다.

그러나 킨코의 마음을 바꿔놓을 만큼 재치 있는 말은 떠오르지 않았다. 유우키는 문으로 향해, 예측대로 〈열림〉으로 바뀌어 있는 그것을 열고 옆으로 밀어젖혔다. 그리고 메이드들이 자발적으로 먼저 가자고 말해주기를 기다렸다.

(13/23)

문 앞은 외길이었다.

메이드들은 말없이 나아갔다. 아무도, 아무 말도 하지 않았다. 아까의 복도와 마찬가지였지만 그 실상은 달랐다. 아까의 침묵은 말하자면 〈각오〉였다. 육체에 기합을 충분히 주고 있었기에, 그래서 말하지 않았던 것이다. 하지만 지금의 침묵은 그보다 더 알기 쉬운 〈절망〉이었다. 어처구니없는 일이 벌어졌다, 이런 곳에 오지 말았어야 했다고 엄청나게 후회하면서도 여기까지 온 이상 가는 수밖에 없다는 소극적인 전진. 타성에 젖은 발걸음이었다.

또, 네 명은 예의 합체를 관뒀다. 이유는 알 수 없었다. 오른팔에 달라붙어야 할 메이드가 사라졌기 때문인지, 아니면 방금 전의 방에서 모두의 관계에 금이 가버렸기 때문인지—. 얼굴이 반반한 여자들이 들러붙는 통에 긴장했던 유우키였으나, 떨어져 나가니 떨어져 나간대로 뭔가 허전했다.

합체를 안 했다고는 하나 경험자인 유우키가 변함없이 앞서 나아가고 있었고 그 왼쪽 뒤에서 킨코가, 그야말로 아오이의 영혼을 계승한 듯한 어두운 낯으로 터벅터벅 걷고, 오른쪽 뒤에서 모모노와 베니야가 역시 너희들 사귀는구나 싶을 정도로 손을 잡고 몸을 찰싹 붙여 걷고 있었다.

"글쎄, 뭐랄까. 이걸로 고비는 넘긴 셈이라고나 할까."

유우키는 이 매우 무겁고 울적한 분위기를 불식시키기 위해 입을 열었다.

"참가자가 여섯 명인 게임이잖아. 그것보다 큰 시련은 이제 없다고 봐도 돼. 지금 인원수를 고려해도 남은 건 시간 때우기용 같은 걸 거야, 아마도."

거짓말은 아니었다. 게임의 생환율은 평균적으로 7할 내외로 설정되어 있다. 여섯 명 중 두 명이 사망했다면, 이미 7할보다 낮아졌으니 의욕 넘치는 장애물은 더 이상 나오지 않을 터였다. 있다고 해도 기껏해야 한 개, 그것도 희생을 강요하는 것은 아닐 것이다. 하지만 메이드들의 표정은 도무지 좋아지지 않았다.

"어, 그리고, 맞다. 그 오른손이라면 괜찮아."

짧아진 킨코의 오른팔을 보고 유우키는 말했다.

"〈방부 처리〉로 붙이기 쉬워진 상태니까. 게임이 끝나면 잘 치료해 줄 거야."

의외로 여겨질지 모르나, 이 게임은 의료적인 지원이 완비되어 있다. 물론 불법으로 시술하는 의사들이지만 게임에 의한 부상은 가능한 한 치료받을 수 있다. 〈방부 처리〉로 인해 그 〈가능〉한 범위라는 건 통상보다도 상당히 넓다. 우선 팔다리의 절단 정도는 완치된다. 머리카락이나 피부, 치아, 손톱 같은 것도 어떻게든 된다. 때로는 장기조차도 어떤 경로를 통해 가져오는지는 알 수 없으나 마련해 준다. 그것은 치료라기보다는 〈복구〉라고 불러야 할 솜씨로, 목숨만 붙어 있으면 대체로 원상태로 되돌려준다고 생각해도 좋다.

그렇기에 킨코의 오른손은 낫겠지만, 그래도 그녀의 낯빛은 어두웠다.

어째서일까. 유우키는 어찌할 바를 몰랐다. 게임 28회차인 그녀였지만 〈이렇게 된〉 초심자를 다시 일으켜 세울 방법은 체득하지 못했다. 초심자를 이끄는 것은 첫 경험이기 때문이다.

28회의 커리어 중에서도 이번 게임은 상당히 예외적이었다. 생각해 보면 애당초 이 게임은 이상했다. 플레이어의 숙련도에 편차가 지나치게 큰 것이다. 이래서는 유우키가 당연히 지배할 것이다. 재미도 뭐도 없다. 초심자를 사칭하는 〈늑대〉라도 있다면 얘기는 달라지지만, 지금까지 본 바로는 유우키의 감식안을 신용하는 한, 메이드들 중에 그런 인물은 없다.

게임과 플레이어의 매칭이 항상 잘 풀리는 것도 아니고, 사실 사람 수에 맞추느라 스카우트한 모모노가 있을 정도이니. 이번에는 어쩌다 보니 플레이어의 밸런스가 나빴다는 것으로 일단 설명은 된다. 하지만 고민하지 않을 수 없다. 만약 가령 이 배치가 의도적인 것이라면—. 유우키가 장기판을 지배하고 모두와 손을 잡고 클리어를 노린다는 것을 전제로 만들어진 게임이라면—.

"……."

여기에 정신이 빼앗긴 나머지 유우키의 입에서도 말이 사라졌다.

네 명은 외길을 계속 나아갔다. 액자에 들어가 있는 그림, 동물의 박제, 5단 서랍장 등 저택에 어울리는 가구가 몇 개 눈에

띄었으나, 어떤 덫이 설치되어 있을지 몰랐기에 전부 무시했다.

〈그곳〉에 도착할 때까지 단 한 번도 대화는 없었다.

(14/23)

외길의 막다른 곳에는 작은 방이 있었다.

문이 두 개 나란히 있었다. 왼쪽은 이미 활짝 열려 있었고 안에는 작은 방이라는 말도 부족할 정도로 샤워실보다 클까 작을까 할 공간이 있었다. 그것은 방이라기보다 어쩌면―.

"엘리베이터인가."

왼쪽 문에 다가서며 유우키는 말했다.

"순순히 해석하자면, 여기에 타라는 건데……."

유우키는 엘리베이터의 문과 본체의 틈에 눈을 돌렸다. 예상할 수 있는 가장 단순한 덫은 이 틈에서 기요틴이 튀어나와 지나가려는 이를 세로로 싹둑 두 조각내는 것이다. 유우키는 천이 달린 메이드 머리띠를 벗어 틈새를 살살 통과시켰다. 아무 일도 일어나지 않았다. 무생물에는 반응하지 않는 것인지도 모르기에 이번에는 왼쪽 팔을 통과시켜 봤다. 아무것도 없었다. 유우키는 발을 앞으로, 롱스커트를 풍성하게 부풀리며 엘리베이터에 탔다. 아무 일도 없었다. 엘리베이터 내부도 조사했으나 면도칼 하나도 나오지 않았다. 애당초 고비는 넘긴 상황이라고 판단했기에 당연한 결과이기는 했으나 그래도 유우키는 후우, 하고 한숨을 내쉬었다.

다른 세 사람에게 〈와도 돼〉라고 유우키는 사인을 보냈다. 속속들이 올라탔다. 킨코, 베니야까지는 아무 일도 없었으나, 마지막 한 명—모모노가 올라탔을 때 일이 터졌다.

엘리베이터 경보음이 울리기 시작한 것이다.

"으."

굳이 글자로 옮기자면 〈으〉일 것이다. 그런 소리를 누군가가 냈다. 경보음이 울리는 이유는 분명했다. 네 명은 나란히 엘리베이터의 벽면, 패널 상부에 부착된 액정 표시로 시선을 향했다.

이렇게 쓰여 있었다.

적재, 150킬로그램—.

"……."

그 의미를 메이드들이 얼마나 깊이 이해하고 있는지 얼굴만 봐서는 판단할 수 없다. 「……아!」 하고 유우키는 선수 쳐서 목소리를 냈다.

"어쨌든, 내리자. **전원 동시**에."

메이드들은 고개를 끄덕였다.

몸의 방향을 틀어 일렬횡대로 서서 하나둘, 하고 동시에 옆걸음질 치는 식으로 엘리베이터 밖으로 나왔다. 제각각 편한 자리에 몸을 뒀을 때 「150이라면.」이라고 베니야가 입을 열었다.

"딱, 3인분이네요."

"그렇게 되네."

그렇게 되네, 라고는 말했지만, 유우키는 내심 이제 좀 봐 주시지, 라는 생각을 하고 있었다. 한 명당 50킬로그램으로 계산한 것일까. 딱 떨어지는 숫자이기에 그렇게 설정한 것이겠지만, 아니, 진짜로 적당히 좀 하라고.

　"게다가 그거, 액정에 표시되어 있었고……. 인원수에 맞춰 바꿔서 적고 있을 거야. 여섯 명이 왔다면 250킬로그램이 되었겠지."

　"두 사람씩 타고 가면 되……겠죠?"

　모모노가 말했다. 온몸으로 긍정해 주기를 바라고 있었다.

　"유감스럽게도."

　베니야가 답했다.

　"아마도 한 번밖에 움직이지 않을 거야."

　"어떻게 그걸."

　"분명히 적혀 있거든. 〈one time only〉라고."

　베니야는 엘리베이터의 옆을 손가락으로 가리켰다. 중학생 수준의 영어단어가 세 개 나열되어 있었다. 〈one time only〉.

　가방끈이 짧은 유우키도 이 정도는 읽을 수 있다. —〈한 번뿐〉이다.

　"이 엘리베이터는 3인용이야."

　"……저기. 그건, 그……."

　모모노는 하던 말을 삼켰다.

　그 시선은 엘리베이터가 아니라, 한편에 존재했던 또 한쪽의 문으로 향하고 있었다.

유리문이었다. 불투명 유리도 망 유리도 아닌 평범한 유리이기에 실내의 모습이 훤히 보였다. 사우나실 같은 계단 모양의 바닥이 깔린 방이었다. 보아하니 진짜 사우나였다. 흑백밖에 없는 이 건물로서는 드물게도 내부가 따뜻한 색조의 빛으로 가득했기 때문이다.

그러나 사우나 운운 이전에 시선을 끈 것은 그 안쪽 벽이었다. 그곳은 크기가 제각각인, 다양한 무기로 꽉 채워져 있었다. 판타지에 등장하는 무기 상점—. 그런 것을 상상한다면 충분하겠다. 도검, 둔기, 투척물, 창이나 장검, 낫과 같은 긴 무기—. 폭발물이나 총기가 없으니 그나마 다행인 걸로 여겨야 할까. 측면에 〈2t〉이라고 적힌 해머 같은 것도 있어, 방의 풍경에 매달리고 싶어지는 농담 같은 분위기를 자아내고 있었다.

하지만 현실이다.

네 명의 메이드. 세 명밖에 못 타는 엘리베이터. 다툼을 권하는 수많은 무기.

거기서 추측할 수 있는 게임 규칙이란—.

"—그렇지 않아."

유우키는 고개를 저었다.

"지레짐작해서는 안 돼. 분명 엘리베이터에는 세 명밖에 못타. 하지만 그렇다고 해서 한 사람을 놓고 갈 일은 아니야. 놓고 가는 건 **1인분**이면 되는 거야."

"……?"

베니야는 의아해했다.

"무슨 뜻이죠?"

"다시 말하자면, 그……."

직접적인 표현은 역시나 꺼려졌다. 유우키는 문제의 사우나실을 엄지로 가리켰다.

"네 명이 조금씩, **1인분을 놓고 가는 거야.**"

(15/23)

분위기가 확연히 얼어붙었다.

"어렴풋하긴 하지만…… 전체 몸무게에서 팔 한쪽당 무게는 5퍼센트가 살짝 안 돼."

〈그것〉에 대해서는 과거 게임에서 들은 적이 있었다. 유우키는 기억을 더듬었다.

"다리 한쪽당 20퍼센트가 살짝 안 되고. 수분량이 전체 몸무게의 60퍼센트 정도인데, **쥐어짤** 수 있는 게 10퍼센트 정도니까 곱하면 6퍼센트. 손발을 자르는 걸 고려하면 조금 깎아서 5퍼센트려나……. 머리카락은 의외로 무게가 안 나가니 100그램 정도. 그리고 잊어서는 안 되는 게 이 메이드복이야. 몇 킬로그램은 될 테니, 인간적으로 창피하지 않은 범위로 줄여가자고."

"농담이시죠?"

모모노가 말했다. 그 얼굴은 오늘 본 것 중 가장 새파랬다.

"네? 농담인 거죠? 농담이라고 말해주세요."

"자르는 건 내가 할게."

유우키가 답했다.

"방법은 알아. 어떤 부위든 한방에 자르겠다고 약속할게."

"그런 말씀을 하셔도!"

모모노는 큰소리로 울부짖으며 그 자리에 주저앉았다. 「〈방부 처리〉가 있으니까 걱정 안 해도 돼.」라고 유우키는 그 정수리에 대고 말했다.

"엄청나게 잘못 자르지 않는 한은 다시 붙을 거야."

"안 붙으면 곤란하다고요……."

그렇게 말한 것은 베니야였다. 그녀는 벽에 등을 붙이고 있었다.

"……원만하게 넘어갈 방법은 없는 건가요? 아까 방에서도 말씀하신 숨겨진 루트 같은 건."

"물론 찾을 거야. 하지만 지금 각오는 해 됐으면 해."

"50이라는 건, 한 사람당 20킬로그램 정도죠?"

모모노는 물고 늘어졌다.

"권투 선수들은 시합 전에 20킬로그램 정도 감량하잖아요. 그것과 비슷한 식으로 어떻게든……."

"그런 건 한 달 정도 걸려서 줄이니까……. 여기서 하기에는 시간이 모자라."

그 말이 결정타였다. 공간에서 목소리가 사라졌다.

—괜한 말을 한 건지도 모르겠어.

그렇게 유우키는 생각했다.

육체 일부를 놓고 간다고는 해도 어디까지나 일시적이다. 〈방부 처리〉가 되어 있으므로 게임 종료 후에는 원래대로 붙을 것이고, 마찬가지로 〈방부 처리〉 덕분에 출혈 과다로 죽을 우려도 없다. 아까 전의 육각형의 방이나 열쇠 찾기에 비하면 훨씬 안전한 게임이라고 할 수 있었다.

그러나 유우키가 생각한 이상으로 모두의 반응은 싸늘했다. 이 게임에 대한 숙련도에서 오는 견해의 차이였다. 자기 몸을 〈패〉로 취급하는, 유사시에는 파기가 가능한 체스핀의 〈말〉로 간주하는 방식이 그녀들은 익숙하지 않은 것이다. 〈방부 처리〉에 대해서는 아까 막 들은 참이다. 아직 그 효과를 완전히 신용하지 못하는 측면도 있을 것이다.

자기 몸을 잘라내는 것에 대한 기피 말이다.

그것은 어쩌면 살인에 대한 기피를 웃도는 것인지도 모른다. 누구 한 사람을 죽여 세 명이 함께 탈출한다. 그런 발상에 도달하는 메이드가 나와도 이상할 게 없었다. 유우키는 아무렇지 않게 메이드복의 주머니 안에서 주먹을 쥐었다. 만약 그런 사태가 벌어지게 된다면, 누군가가 누군가에게 덤벼드는 일이 현실의 광경으로 펼쳐진다면 유우키도 주먹을 쓰지 않을 수 없다. 모모노, 베니야, 킨코, 세 사람에게 균등하게 시선을 날렸다. 두 발이 움직이기 시작하는 그때를 놓치지 않겠다. 여기가 가장 중요한 고비라고 유우키는 최악의 경우를 각오했다. 주의력을 아낌없이 쏟으며 끊임없이 세 명을 감시했다.

그러나―.

"제가……."

그녀의 말에 그 태세는 허무하게 무너졌다.

"제가 남겠습니다. 여러분은 먼저 가 주세요."

(16/23)

세 명 모두 얼어붙었다.

모모노, 베니야, 베테랑인 유우키조차도 허를 찔렸다. 어이가 없었다. 셋 다 경직되었고, 그 작은 방의 시간은 한순간 멈췄다.

틈새로 비집고 들어가듯 킨코는 달리기 시작했다.

금빛 양 갈래 머리가 하늘하늘 흔들렸다.

"……! 기다―."

가장 먼저 정신을 차린 유우키가 외쳤다.

하지만 때를 놓쳤다. 어쨌든 작은 방인 것이다. 킨코가 사우나에 들어가는 것을 막을 수는 없었다. 문이 닫혔다. 한 박자 늦게 유리문의 손잡이를 잡았지만 그조차도 늦었고, 유우키가 온 힘을 다해도 움직이지 않았다. 잠긴 건지 또는 **뭔가가 걸린**

건지. 어느 쪽이든 뜻하는 바는 같았다.

유우키는 유리문의 유리 부분을 쿵쿵 두드렸다. 하지만 헛수고였다. 말이 전해지고 아니고 이전에 애당초 소리가 전해지지 않는 모양이었다. 킨코는 매우 지친 눈으로 한 번 힐끗 볼 뿐이었다. 그리고 곧바로 넘어진 것인지 앉은 것인지 알 수 없는 동작으로 그 자리에 엉덩이를 대고 무릎을 안았다.

농성하는 자세였다.

"어…… 뭐, 뭐죠?"

모모노가 당황해하며 말했다.

"무슨 일이 벌어진 거예요, 지금?"

"……보는 그대로야. 킨코가, 탈출을 포기했어."

문 앞에서 유우키는 머리를 감쌌다. 말하면서도 유우키의 마음은 급속도로 식어갔다. 그것은 즉 이 상황이 다름 아닌 〈위험하다〉라는 사실을 의미하는 것이었다.

"자기희생. 영웅주의. 초심자의 사망 원인 중 하나야."

그것은 패닉의 한 형태다.

자신 이외의 누구도 신용할 수 없게 되어 침실에 혼자 틀어박혀 다음 날 아침 무참한 모습으로 발견되는 겁쟁이라는 캐릭터가 미스터리 장르에 종종 등장하곤 한다. 이번 케이스는 그 반대다. 도가 지나친 용감함. 극한 상황에 취해 버린 데서 오는 목숨의 포기. 지금까지 몇 번이고 봐 왔다. 게임이 종반에 접어들 즈음, 거듭되는 〈연출〉에 정신줄을 놓은 플레이어는 그 자리의 분위기에 휩쓸려 몸을 던지고 마는 것이다. 고작 책임감이나 죄책감으로 죽을 수 있는 것이다.

나 때문에 아오이 씨가 죽어 버렸다.

속죄하기 위해 나도 죽어야 한다.

유우키는 집요하게 유리를 두드렸다. 깨질 것이다. 그럴 것 같았다. 이 문은 딱히 게임 진행상 필요한 칸막이는 아니기 때문이다. 절대로 파괴되지 않는다는 법은 없을 터였다. 도구가 필요했다. 눈앞의 사우나실 안쪽에 있는 무기가 전부 성검으로 보였다. 그렇다고 해도 손에 넣을 수 없으니 어쩔 도리가 없다. 유우키는 발을 돌려 작은 방을 나가려고 했다.

하지만 붙잡혔다.

뒤돌아보니 모모노였다.

"저기…… 그…….”

뭔가 호소하는 눈초리였다.

쳐다보니 살짝 안쪽에 있던 베니야도 같은 눈을 하고 있었다.

유우키는 저도 모르게 미소가 새어 나오고 말았다.

그 눈은 분명히 말하고 있었다.

—이걸로 됐잖아요. 죽어 준다는데 내버려 두자고요.

—이대로 셋이 탈출해 버리자고요.

"뭔데?"

하지만 유우키는 구태여 물었다.

모모노도, 베니야도, 말문이 막힌 상태였다.

유우키가 알아서 파악해 주기를 기다리고 있는 것이다. 유우키는 주체할 수 없는 흥분을 느꼈다. 이렇게나 어여쁜 메이드 두 명이 머릿속에서 그런 생각을 하고 있다는 사실이, 뭔가 굉장히 야하게 느껴진 것이다. 둘을 야비하다든가 잔인하다고 비난하는 감정은 유우키에게는 없었고, 그저 귀엽다는 생각만 들었다. 그다지 생각하고 싶지 않은 일이었지만— 이런 엑스터시를 느끼기 위해 유우키는 이 게임을 계속하고 있는지도 몰랐다.

그때, 시야 끝에서 움직이는 것이 보였다.

시선을 옮기니 킨코가 벽에서 나이프 한 개를 떼어 내는 참이었다. 설마 유우키에게 건네 줄 리는 없었고, 자기가 쓰기 위해 떼어 내는 것이다. 그리고 사용할 대상은 그녀가 있는 공간에는 하나밖에 존재하지 않았다. —킨코 자신이다. 자기 자신을 찌른다. 그 이외의 목적은 생각할 수 없었다.

자살할 셈이다.

그렇게 되면 아무래도 그녀를 두고 가는 수밖에 없다. 유우키 일행이 우물쭈물하고 있는 모습을 본 킨코가 자기 나름대로 등을 떠미는 것이다. 유우키는 눈을 부릅떴다. 하지만 다행히도 나이프를 쥐고 덜덜 떠는 왼손이 향한 끝은 다른 한쪽의 팔꿈치였다. 그 모습에 유우키는 사랑스럽다고 생각했다. 저래서야 설령 〈방부 처리〉가 없다고 해도 못 죽는다.

그렇다고 해도 킨코가 저런 행동에 나선 이상, 여유는 없었다. 유우키는 다시 모모노 쪽으로 몸을 틀었다.

"모모노 님, 생각해 봐."

그리고 결정적인 말을 입에 담았다.

"이대로 킨코가 죽으면——."

말로 옮기자면 두세 마디였다.

이를 듣고 모모노뿐 아니라 베니야의 표정도 바뀌었다. 그
렇다. 이 상황에서 킨코를 죽게 둬서는 안 되는 이유가, 윤리적
인 것과 정신 건강상인 것이 아닌 분명한 이유가 하나 있었다.
여기서 킨코가 죽으면 유우키 일행은 매우 곤란해지는 것이다.
전멸— 까지는 아니더라도 〈방부 처리〉로도 낫지 않는 부상이
발생할 우려가 있다. 그 이유를 유우키는 말해준 것이다.

모모노의 손에서 힘이 빠져나갔다.

"이제 가도 돼?"

그녀의 눈을 똑바로 바라보며 유우키는 물었다.

모모노는 옆으로 움직이는 것이 금지되었기에 어쩔 수 없이
한다는 식으로 고개를 위아래로 흔들었다.

(17/23)

그 작은 방에 도달하기까지는 외길이었다.

그리고 기억하는 한, 도중에 무기류는 하나도 없었다. 그래
도 유우키는 대책이 있었다. 유리문을 파괴할 수 있는 도구?

그런 건 이 저택에는 차고 넘친다.

외길 도중에 서랍장이 있었다.

1단마다 흑백으로 번갈아 가며 칠해진, 유우키의 키의 반 정도밖에 안 되는 깜찍한 느낌의 서랍장이었다. 이런 것이 복도에 놓인 것을 게임이나 영화에서는 이따금 보는데, 그렇다고해도 일부러 복도에 수납공간을 만들 이유가 있나? 안에 무엇을 넣었을까? 그 의문은 곧 풀린다. 유우키는 신경을 예민하게곤두세우고 치명상만은 꼭 피하자는 기합을 넣고서 임전 태세로 서랍장의 가장 윗칸을 잡아 뺐다.

아무 일도 일어나지 않았다.

양손을 번갈아 쓰며 유우키는 침략을 이어갔다. 두 번째, 세번째, 네 번째, 다섯 번째— 전부 잡아당기면서 아주 살짝 다른물리적 느낌을 받았다. 즉시 옆쪽으로 뛰어 외길 쪽으로 굴렀다. 구르는 와중에 바람을 가르는 소리와 함께 무언가가 나무를꿰뚫는 소리가 들렸다. 고개를 들어 보니, 예상 적중, 언젠가 코쿠토의 숨통을 끊어 놓았던 **금속 봉**이 서랍장에 박혀 있었다.

이 건물에 셀 수 없이 설치된 트랩—

아이스픽이나 드라이버와 닮은, 탄탄한 두께를 지닌 날카로운 봉이었다.

유우키는 그것을 잡아 뽑았다. 손잡이가 없기에 약간 고생해야 했다. 유우키는 조금 전의 그 작은 방으로 돌아갔다. 「유우키 님!」 말을 걸어 온 모모노에게 「킨코는? 어떻게 됐어?」라고 유우키는 물었다.

"어, 그, 저기."

"축 늘어져서 움직이지 않아요."

유리문 앞에 있던 베니야가 대신 말했다.

그 안에서 킨코가 위를 향한 자세로 쓰러져 있었다.

"부상이 아니라 정신적인 것 같아요. 대단한 곳을 베는 것처럼 보이지도 않았고요."

"그렇구나."

유우키는 유리문으로 뛰어갔다. 유리로 된 부분과 그렇지 않은 부분의 경계에, 그녀는 아까 뽑아 온 금속 봉을 억지로 끼워 넣었다. 균열이 일자 유우키는 미소를 지었다. 유리를 깨는 주요 방법 중 하나였다. 이런 작은 도구로 깨고 싶을 때는 〈이렇게〉 하는 것이다. 몇 개의 파편을 문에서 떼어 내고 팔이 지나갈 정도로 구멍을 내서 손을 넣고 유우키는 안쪽, 손잡이 주변을 더듬어 찾았다. 이쪽에는 없는 움푹 들어간 부분이 있음을 알았다. 그 언저리를 만지작대다가 잠금을 풀고 팔을 빼냄과 동시에 메이드복이 유리에 걸려 파편 중 한 개가 튀어 나갔다.

문이 열렸다.

유우키에게 우선 떠오른 생각은 덥다, 는 것이었다. 역시 사우나실이었다. **체중을 줄여야 하기에** 납득이 가는 설비였다. 입고 있는 것이 메이드복이므로 후덥지근함은 배로 늘었다. 〈방부 처리〉가 있기에 땀 냄새가 안 나는 데 안심하며 유우키는 개의치 않고 킨코에게 뛰어가서 똑바로 드러누워 있는 그 어깨를 거칠게 붙잡았다.

"킨코!"

킨코는 눈을 떴으나, 그 속에 빛이 없었다. 사우나에 반나절 갇혀 있었다고 해도 이렇게는 안 되었을 상태다. 이런 얼굴은, 사실, 유우키도 그다지 본 적이 없었다. 플레이어는 대부분 절망할 새도 없이 죽어 버리기 때문이다. 그것은, 삶을 포기한, 영혼이 현세에 없는 인간의 표정이었다.

그 자그마한 몸을 유우키는 짊어졌다. 가볍다. 장기가 하나도 안 들어 있나 싶을 정도로 가볍다. 너무 가벼워서 등에 업을 필요조차 느껴지지 않았다. 유우키는 인형 뽑기 게임의 커다란 인형을 안고 가는 듯한 모양새로 킨코를 앞으로 안고 사우나실을 나오려고 했다.

"왜—."

킨코가 입을 열었다.

"오셨어요, 유우키 님."

"그거야 그쪽이 와주지 않으니까."

유우키는 적당히 답했다.

"먼저 가라고 했잖아요."

"가능한 한 많은 인원수로 클리어하자고도 말했어."

"……됐어요, 저는!"

쥐어짜는 듯한 목소리였다.

"이제 죽어도 돼요! 놔두세요!"

—아마도, 이럴 때 유우키가 취해야 할 사회적으로 가장 바람직한 행동은 설교일 것이다. 이 바보야, 하고 뺨을 두드리고 살아가는 것이 얼마나 멋진 일인지 줄줄이 설명한다. 하지만 그럴 수 없었다. 왜냐하면 당사자인 유우키가 목숨을 경시하기로는 이길 자가 없는 인간인 것이다. 사람이 죽는 게임의 단골 플레이어—. 이 사실을 의도적으로 무시하고 설교할 수 있을 만큼 유우키의 신경은 뻔뻔스럽지 않았고, 게임과 상관없는 부분에서 상대방에게 겁을 줄 목적으로 폭력을 행사해서는 안 된다는 생각도 있었다. 무리였다.

그러면 차선책으로 약자를 돕는 데 이유는 필요 없다고 주장하는 것은 어떨까. 그것도 무리다. 거짓말이기 때문이다. 그런 아름다운 정신의 소유자라는 자부심이 없기 때문이다. 유우키의 이타주의는 게임을 보다 유리하게 진행하기 위한 것이었다. 배신. 불성실. 모략. 그런 것만 하다 보면 마음이 비열해지고 빈곤해지고 끝내는 자멸하고 말리라는 것이 그녀의 사상이었다. 즉, 골수까지 플레이어인 것이다. 죽느냐 사느냐의 세계의 주민인 것이다. 그런 한가한 소리는 할 수 없다.

"그래선 안 돼."

그래서, 결국—.

건넬 수 있는 말은 그것밖에 없었다.

"킨코가 없어도, 세 명만 남아도 아직 꽤나 초과하는 상태고."

"……네?"

"아니, 들어 봐. 모모노 님도, 베니야 님도 키가 크잖아. 살을 빼야 하거든. **사우나실에 들어가지 않은** 상태로는 곤란하다고."

(18/23)

네 명의 키, 체격에 대해 서술하자면—.

어느 쪽이든 가장 빈약한 이가 킨코다. 높은 의자 정도밖에 안 되는 키, 세게 건드리면 부러질 것 같은 가녀린 목, 메이드 복 차림으로도 알 수 있을 정도로 갸냘픈 몸매. 실제로 안아 보고 유우키는 더 확실히 알았다. 아마도 숫자로 치면 30킬로그램도 안 될 것이다. 성장기 전의 초등학생이나 마찬가지다.

그에 비해 고민거리는 모모노와 베니야 두 명이었다. 한쪽은 엄청나게 육감적인 체형의 아가씨. 한쪽은 천장을 뚫을 정도로 장신인 왕자님. 아니, 베니야는 그나마 낫다. 세로로 길뿐, 군살이 없는 체격이다. 문제는 모모노다. 뭐지, 저건. 대체 뭐야, 저 허벅지는. 처음에는 태평스럽게 만지고 싶다는 욕구를 느꼈던 유우키였으나 지금 상황에는 〈저것〉에 화가 치밀어 오르기까지 했다. 몸무게를 묻기가 미안할 정도로 발칙한 몸이었다.

또 이렇게 불만을 늘어놓는 유우키도 남 말 할 처지가 못 되었다. 모모노와 베니야 정도는 아니겠지만, 분명 50킬로그램은 될 것이다.

즉, 킨코 이외의 전원이 평균 초과—.

그 잉여분은 세 명이 합해서 20킬로그램은 되리라는 것이 유우키의 추측이었다. 15도 25도 아닌 20킬로그램이다. 세 명의 몸무게를 150킬로그램으로 계산했다는 것은, 모든 플레이어의 평균 몸무게는 동년배 여자의 평균— 즉 50킬로그램 언저리로 조정되어 있는 게 아닐까, 하는 추리였다. 먼저 세상을 떠난 두 사람, 아오이와 코쿠토도 그렇게 극단적인 체격은 아니었기에 킨코가 가벼운 만큼의 무게를 부담하고 있는 건 나머지 세 명이라는 논리가 된다. 그래서 20이다.

20킬로그램. 킨코를 놓고 간다고 가정해도 그만큼 줄여야 한다. 한 사람당 7킬로그램. 그 정도라면 다이어트를 해서 자연스럽게 뺄 수 있지 않느냐는 의견이 있을지도 모르지만, 틀렸다. 단식으로는 의외로 체중이 줄지 않는다. 수분이 빠져나가기 때문에 처음에는 확 빠지지만, 곧바로 감소세가 완만해진다. 기초대사로 줄어드는 체중은 하루에 백 수십 그램 정도밖에 안 된다. 7킬로그램 줄어드는 것보다 유우키 일행이 굶어 죽는 쪽이 빠를 것이고, 설사 달성했다고 해도 게임은 아직 이어지는 것이다. 그런 빈사 상태로 헤쳐 나가자니, 이 게임을 우습게 보는 거다. 더욱더 직접적인 수단이 필요한 것은 누가 봐도 자명했다.

바로, 육체 절단이—.

사우나실에 걸린 투박한 날붙이들이 필요했다.

유우키와 킨코, 두 사람은 작은 방으로 돌아왔다. 유우키에게 두르고 있던 팔을 풀고 킨코는 바닥에 내려섰다. 모모노도 베니야도 그녀의 무사함을 기뻐하지도 않고, 말도 걸지 않고, 다가오는 일도 없이, 네 명이 제각각 미묘한 거리에서 미묘한 느낌의 침묵을 자아내고 있었다.

유우키는 곁눈질로 킨코를 살펴봤다. 그 얼굴은— 빨개져 있었다. 자기희생을 하려고 했으나, 사실상 팀을 더 궁지로 몰아넣고 있었음이 밝혀졌고, 게다가 희생으로 인정받을 수 없는 상황이었다는 데서 빨개진 것이리라. 티 나게 고개를 숙이고 하릴없이 손이 움직이고, 입술이 움직이고는 있지만 어떤 말도 하지 않고 있었다. 종합하자면 굉장히 거북한 모양이었다. 그 심경을 상상하기만 해도 유우키의 가슴은 크게 뛰었으나 그렇다고 해도 영원히 보고 있기만 할 수는 없기에 그 작은 등을 가만히 두드렸다.

"뭐, 그렇지. 조금 더 비겁한 마음가짐을 익혀도 돼. 킨코는."

그러고 보니 어느새 「킨코」라고 편하게 이름만 부르고 있었다. 언젠가부터. 처음부터인가. 〈킨코 님〉이라고 부른 기억이 유우키에게는 없었다. 다른 네 사람에게는 「님」을 붙이고 있는데 말이다. 분명 혼자만 키가 작으니까 얕보게 되는 감정이 드러난 것일까. 유우키는 좋지 않다고 생각했지만 그래도 킨코가 그 호칭에 불만을 제기하는 일은 없었고, 불만은커녕 응답 한

번 해 주지 않았다. 다른 두 사람도 무응답이었다.

할 수 없이 유우키는 홀로 사우나실에 들어갔다. 인체를 자르는 데 적합해 보이는 날붙이를 몇 개 적당히 골라서 작은 방에 돌아와 그것들을 덜걱덜걱 바닥에 털어놓았다.

역시 그 소리에 모두가 주목했다.

"50 나누기 4이니까, 한 사람당 12.5킬로그램."

유우키는 되도록 담담하게 말했다. 그쪽이 효과적이기 때문이다.

"단, 우리 몸무게는 다 다르니까. 킬로그램보다도 퍼센티지로 보는 게 나아. 네 사람이 1인분을 분담하는 거니까, 각자 자신의 25퍼센트를 두고 가는 계산이 되지."

메이드들의 얼굴이 또 어두워졌다. 아까의 혼란으로 잊고 있던 현실이 다시 찾아왔다.

"어디를 자를지는 본인에게 맡기겠지만 몸통은 별로 바람직하지 않아. 잘 안 잘리고, 잘 안 나으니까. 양팔, 양다리 중 하나를 고르는 걸 추천할게."

"아까 들은 퍼센티지라면―."

베니야가 반응을 했다.

"다리를 자를 수밖에 없겠네요."

한쪽 팔 당 5퍼센트. 한쪽 다리당 20퍼센트. 25퍼센트가 되게 하려면 선택지는 하나밖에 없다. 「응.」하고 유우키는 끄덕였다.

"그러니까 내 제안은, 우선 다리를 잘라서 20퍼센트를 줄인다. 추가로 거기 있는 사우나에서 수분을 빼면 5퍼센트가 추가로 빠질 거야. 그렇게 해서 25퍼센트. 가장 상실이 적은, 현실적인 플랜이라고 생각해."

"자른다고 해도 뿌리에 가까운 부분에서 잘라내야 하겠네요."

베니야가 자신의 다리로 시선을 떨궜다. 긴 메이드복이었기에 가는지 두꺼운지 알 수 없었다.

"잘라낼 수 있을까요, 이런 칼로."

"……경험은 있어. 살아있는 인체에는 처음이지만, 가능한 한 안 아프게 단시간에 할 수 있도록…… 그, 노력해 볼게."

유우키는 모모노에게 시선을 향했다. 「왜 저를 보는 건가요.」라며 그녀는 허벅지를 손으로 가렸다.

"그리고, 정말로 원래대로 붙는 거죠?"

"응. 그건 확실해."

"〈저것〉이 완전히 치유된다니, 저는 도저히 믿을 수 없습니다만."

베니야가 모모노에게 시선을 보냈다.

"……그러니까! 왜 저냐고요!"

"틀림없어. 좀비나 봉제 인형 같은 몸이 됐다고 생각하면 돼. 부품만 남아 있으면 어떤 부상이라도 복구할 수 있다고. 내 양팔, 양다리가 붙어 있는 게 그 증거야."

그렇게 말하고 유우키는 양팔을 벌렸다. 28번의 게임에서 생존한 여자. 팔다리의 결손은 그 수를 셀 수 없을 정도이고, 그 이상의 끔찍한 데미지도 많이 입었다. 하지만 그래도 그녀는 이렇게 현역을 이어가고 있다. 〈방부 처리〉의 위력을 보여주는 증거는 이 이상 없을 것이다.

하지만 「정말로 그런가요?」라는 말을 듣고 말았다.

"지금 당장, 잠깐이라도 증명해 주실 수 있나요?"

"어…… 무슨 뜻이지?"

"전부 벗어 주세요."

베니야는 진지 그 자체였다.

"이 팔다리가 자기 것이라는 걸 눈에 보이는 형태로 확인시켜 주세요."

(19/23)

그 후의 일은 조금 생략하겠다.

보기에 안 좋은 장면이 이어졌기 때문이다. 유우키가 벗어서가 아니다. 스플래터(Splatter) 탓이다. 가능한 한 안 아프게 하겠다고 유우키도 약속은 했지만 그래도 인체 절단인 것이다. 이걸로 아비규환이 안 된다면 뭐가 되겠는가. 이런 게임에 참가 중이라고는 해도 메이드들에게도 명예가 있다. 그녀들이 행위 도중에 무엇을 외치고, 얼마나 난폭하게 굴었으며, 한쪽 다리의 상실에 어떤 반응을 보였는지를 유우키는 깨끗이, 말끔히

잊었다. 객관적인 사실만, 기억에 남겼다.

우선 잊어서는 안 되는 점으로서, 유우키 일행은 맨 처음 숨겨진 루트가 있는지부터 확인했다. 〈방부 처리〉가 있다고는 해도, **잘라놓고 손해 보는 것만은** 반드시 피하고 싶었다. 뭔가 착각한 게 아닐까. 적재 150킬로그램이라는 건 잘못 본 게 아닐까. 숨겨진 통로의 종류는─. 중량을 속일 만한 방법은─. 더 간단하고 효과적인 체중 감량법은 없는 걸까. 그도 그럴 것이 사안이 사안인 것이다. 현실 도피 수준으로 공들여 탐색했지만 실패였다. 인체 절단 이외의 길은 정말로 진짜로 없었다. 결과적으로는 헛수고였지만, 그렇다고 해도 메이드들이 각오를 다지는 의식으로서 기능했기에 꼭 쓸데없는 건 아니라고 생각했다.

유우키, 킨코, 베니야, 모모노 순으로 절제를 실행했다. 첫 번째는 유우키여야 했다. 처음 한 사람이 끝난 뒤, 데미지를 입은 것을 기회로 삼아 그대로 셋이 함께 린치를 가해 살해하고 적재 150킬로그램을 클리어한다는 작전이 불가능하지 않기 때문이다. 처음이 유우키라면 그럴 염려는 없다. 오만한 발상인지도 모르지만, 한쪽 다리가 없다고 해도 초심자 세 명 따위에게 밀릴 리 없기 때문이다.

따라서 주요 문제는 스스로 자기 다리를 자르는 건 역시나 불가능하다는 점에 있었다. 계속 그래 왔던 것처럼 책임감을 느낀 킨코가 〈제가 할게요.〉라고 지원해 줬으나, 그래도 근본적으로 킨코는 힘이 없었다. 유우키는 마음만 받겠다고 하고,

담당자로 모모노를 지명했다. 딱 보기에 베니야 쪽이 침착하고 왕자님 풍이어서 잘해 줄 것 같았지만, 아마도 그녀는 그로테스크한 장면에서 컨디션이 무너지는 타입인 것으로 유우키는 추리했다. 아오이 사망 후의 리액션이 그 근거다. 따라서 선택지는 이 중에서 가장 칼을 쥐게 하면 안 될 것 같은 모모노밖에 남지 않았고, 그녀는 뭐, 그녀 나름대로 최선을 다해 주었다. 유우키는 이것으로 해결되었다.

이어서 킨코에 관해서는 일이 쉬웠다. 어쩌면 맨손으로도 뜯어낼 수 있지 않을까 싶을 정도로 그 양다리가 가늘었기 때문이다. 말은 이렇게 해도, 칼을 쥐었다. 모모노와 베니야에게 양손과 양발을 누르고 있으라고 부탁하고, 그 다리의 고관절 부분을 작업하기로 했다. 망설임은 충분히 제어할 수 있었다. 그보다 오히려 메이드가 메이드를 제압하고 있는 상황 쪽에 강한 배덕감이 일었다. 마찬가지로 베니야도 어렵지 않았다. 문제는 그녀, 모모노였다.

모모노의 이름과 어울리는 훌륭한 허벅지를 유우키는 어루만졌다. 만지고 싶기는 했지만, 이런 식으로 실현되리라고는 상상조차 못 했다. 유우키는 엄청나게 곤란했지만, 동시에 반드시 해야만 한다는 사명감이 내면에 솟았다. 미술품 복원사의 심정이 이럴지도 모른다. 상처 하나 남지 않도록, 깔끔하게 절단해야 한다.

그리고—.

사우나실에 있는 봉 형태의 무기를 가공해, 즉석에서 지팡이를 만들었다. 한계치까지 땀을 흘려 수분을 배출하고, 촬영해도 창피하지 않을 수준까지 메이드복을 잘랐다. 그럼에도 무게가 아직 초과했기에 각자 머리를 짧게 정리하고 최종적으로는 유우키가 킨코를 등에 업어 지팡이의 중량을 빼자 가까스로 150킬로그램 이내로 들어갔다.

엘리베이터가, 움직였다.

그것을 확인하고 모두가 그 자리에 주저앉았다. 한쪽 다리밖에 없는 것이다. 일단 앉으면 일어서는 게 어려울 텐데, 그래도 앉았다. 가령 모종의 기적으로 다리가 낫는다고 해도 한동안 일어나지 못할 거라고 유우키는 생각했다. 그만큼, 삶의 한 이정표가 될 경험이었다.

메이드들을 둘러봤다.

그들은 이미 메이드가 아니었다. 앞치마를 벗고, 입고 있는 것은 짧게 가공된 원피스뿐이었다. 얼굴을 마주 보고 웃었다. 연대감을 느꼈다. 일종의 통과의례를 거친 것이다. 다 함께 겪은 끔찍한 고통이 아가씨들 사이에 일체감을 낳았다. 그것은 시간이 조금 지나면 사라져 버릴 단순한 착각일까. 그렇게 이해하면서도 유우키는 좋은 기분에 잠겨 있었다. 최고였다. 이대로 엘리베이터가 영원히 어디까지고 도착하지 않아도 괜찮다는 기분마저 들었다.

이 엘리베이터가 직접 출구로 이어지는 것이 이상적이었다.

장애를 입게 된 수를 고려해도, 그럴 가능성은 충분히 있다고 생각했다. 그러나 아니었다. 문이 열리자, 그곳은 입구처럼 보이는 넓은 공간이었다. 한 판 더 해야 하는 모양이었다. 유우키는 몸을 쭉 뻗었다.

"가자. 붕 띄워 놓고 떨어뜨리는 일도 있으니까, 끝까지 긴장 풀지 마."

네 명은 엘리베이터에서 내렸다. 지팡이를 짚고 걷는 데 익숙한 이는 없었으나 그래도 그런 건 지금까지의 고난에 비하면 아무것도 아니었다. 곧바로 출구 같은 문을 발견하고 모두가 속도야 어찌 됐든 곧장 나아갔다.

"그나저나 답답하네요. 보이는데 금방 도달할 수 없다는 게."

출구를 바라보며 베니야가 말했다. 그 속도는, 지금까지의 걸음과는 비교가 안 될 정도로 느렸다. 「뭐 그렇지.」 하고 유우키는 말했다.

"그러면 뭔가 이야기할까? 말하지 않은 시간이 길었고, 쌓인 이야깃거리도 있을 테니."

"쌓인 이야깃거리라면, 예를 들어?"

"살아서 돌아가면 맨 먼저 뭘 하고 싶다든가."

"……불길하지 않나요, 그건."

옆에서 모모노가 끼어들었다.

"그런 건 말한 사람부터 죽어 나가는 거 아닌가요?"

"그렇지도 않아. 오히려 반대지. 삶에서 의미를 느끼는 사람 쪽이 살아남기 쉬워. 당연하다면 당연하지만."

말하고 나서 우선 자신부터—. 유우키는 말을 이었다.

"나는, 뭐지, 슬슬 집에 있는 쓰레기를 내놓으러 가지 않으면 곤란하겠다! 라고 생각 중이야."

"무슨 태평한 소리를……."

"아니, 진지하게 하는 이야기야. 플라스틱 쓰레기 봉지가 두 개나 쌓여 있거든. 이거 하나로 생계를 꾸리고 있으니 요일 감각이 전혀 없어서, 버리러 갈 타이밍을 못 잡겠더라고. 내일이 금요일이지?"

"애당초 지금이 며칠의 언제인지도 모릅니다만. 며칠이나 잤는지도 모르겠고요."

"날짜는 많이 안 지났을 거야……. 오늘이 목요일일걸. 아아, 하지만 다리를 붙여야 하니, 내일은 시간을 못 맞추겠네……."

유우키는 얼굴을 찡그렸다. 그 모습을 한동안 바라보더니 「……라멘이 먹고 싶어요.」라고 모모노가 말을 이었다.

"살아서 나갈 수 있다면, 몸 상태가 나빠질 때까지 먹을 거예요."

"좋아해?"

"딱히 좋아하는 건 아니지만, 여기 와서는 단것만 먹었으니까요."

"아아……."

이해되었다. 「베니야 님은 어떤가요.」라고 모모노가 화제를
던졌다.

"뭐, 우선은, 갚아야 할 걸 갚아야겠지요."

그러고 보니 빚— 본인이 말한 〈부채〉가 있었지. 「그리고
는?」하고 유우키가 물었다.

"조금 더 공부하겠습니다."

"공부?"

"이번 상금만으로는 아마도 **부족할 거**라서요. 〈다음〉에도 살
아남을 수 있도록 준비하려고요."

"그렇게 연체되어 있나요?"

모모노가 기겁한 표정을 지었다.

"아니, 게임 상금이라는 게 얼마나 되는 건데요?"

"첫 회라면 대체로 삼백만 정도."

유우키가 답했다. 물론, 일본 엔화다. 많다고 볼지 적다고 볼
지는 어려운 부분이다. 목숨을 거는 것 치고는 푼돈이라는 느
낌도 들고, 기껏해야 반나절 일해서 경력도 자격도 학력도 안
따지고, 그저 목숨을 건 것만으로 그 금액이라면 너무 많이 받
는다 싶기도 하다. 어쨌든 삼백은 삼백이었다. 「연속 참가는
많이 힘들어.」라고 경험자가 말했다.

"쉬는 기간을 얼마나 둬야 할까요."

"사람에 따라 제각각이지만, 내 경우 일주일은 쉬지 않으면 위험해. 역으로 텀을 너무 둬도 몸이 말을 안 듣게 되니까, 한 달에 한 번 이상은 참가하려고 해. 즉, 다음 주부터 다음 달 사이려나."

"그렇군요."

"킨코는?"

유우키는 자신의 등 쪽에 물었다.

"상금은 이번 걸로 충분해?"

"……."

한 박자 늦게, 「충분해요.」라는 답이 돌아왔다.

"다행이다. 킨코는 돌아가면 뭘 하고 싶어?"

"생각해 본 적 없어요. 빌린 걸 갚고, 그리고……."

생각할 시간을 갖더니, 「글쎄요. 모르겠어요.」 주체성이 없는 대답이었다. 게임 중에는 그렇게나 독자적인 판단으로 움직였는데 말이다. 그러나 유우키는 이에 모순을 느끼지 않았다. 아마도 그녀는 구획이 지어진 틀 안에서만 주체적으로 되는 것이다. 시험 성적은 좋지만, 실전에는 약함. 동료나 상사와는 잘 지내는데 가족과의 의사소통은 잘 안 됨. 목숨을 건 게임은 잘하지만 생활 능력은 전혀 없음.

그것은 유우키와 똑같은, 플레이어의 기질이었다.

"걱정할 것 없어."

유우키는 거듭 확인시켜 줬다.

"아오이가 그렇게 된 건 킨코 탓이 아니야. 그녀는 이 게임에 살해당한 거야. 법률적으로도 윤리적으로도 비난받을 이유는 없어. 당당하게 가슴을 펴고 원래 생활로 돌아가도 돼."

답은 없었다. 「계속 말하는 거지만.」 하고 유우키가 말을 이었다.

"킨코는 더 불성실해져도 돼. 조금쯤은 비겁한 사람이 더 인간적인 깊이가 우러나니까. 응. 그렇지, 모모노 님?"

"왜 저한테 물어보세요."

모모노는 난처한 표정을 지었다.

"그, 그러니까…… 어쩔 수 없잖아요. 그 상황이라면."

얼마나 솔직한 발언인가. 유우키는 웃고 말았다. 임시방편으로 위로한 게 아니었다. 마음의 밑바닥에서부터 그렇게 생각하고 있었다. 목숨을 건 게임이라는 것은 인간의 더러운 측면도 조명한다. 그것은, 예를 들자면, 코쿠토와 아오이를 구할 수 없었던 주제에, 이렇게 한 건 해결했다는 식의 태도로 걸어 다니는 점이나, 열쇠 쟁탈전을 했던 주제에 우리 계속 사이좋았거든요, 같은 분위기인 점이나, 킨코를 내버리려고 한 주제에 어물쩍 얼버무리고 넘어가려는 이 핑크[#3]라든지 말이다. 하지만 그런 일면을 칠칠하지 못하고 불성실하며 정화가 필요한 대상

#3 핑크 모모노의 모모는 일본어로 '복숭아'를 뜻하며, 복숭앗빛, 즉 핑크는 모모노를 가리킨다.

이라고 유우키는 생각하지 않았다. 그런 점이 있기 때문에 여자아이는 귀여운 것이다.

"⋯⋯그런가요."

킨코가 불쑥 답했다.

"응. 틀림없이 그래."

"그럼, 살아서 돌아가면⋯⋯ 그렇게 될 수 있도록 노력하겠습니다."

그렇게 대화를 일단락 짓고ー.

네 사람은 출구로 보이는 문 앞에 도착했다.

양쪽으로 여는, 커다란 문이었다. 지금까지처럼 유우키가 먼저 나서서 좌우 두 개의 손잡이를 잡고 꽉 눌렀다. 움직이지 않았다. 잡아당기는 건가 싶어서 그렇게 해봐도, 마찬가지로 꿈쩍도 하지 않았다.

유우키는 고개를 들고 위를 바라봤다.

문 위에 세 개의 램프가 나란히 있었다.

(21/23)

문 위에 있다는 점에서는 엘리베이터의 층수 표시를 연상시켰다.

하지만, 엘리베이터에는 아까 막 탔던 참이다. 〈또〉라고는 생각하기 어렵다. 두 개의 램프에는 이미 불이 켜져 있고, 마지막 하나를 켜면 이 문은 열릴 것이라는 걸 쉽게 읽어낼 수 있었다.

그리고 가장 중요한 점—.

램프는 세 개 다 가위표가 쳐진 **인간의 형태**를 하고 있었다.

"—훗."

누군가가 숨을 삼켰다.

신호등의 빨간불에 그려져 있는 것 같은, 인간의 픽토그램이다. 세 개가 나란히 있다. 두 개, 불이 들어와 있다. 나머지 하나만 켜면 문이 열린다는 건 자연스러운 추리였다.

그것은—.

그것은, 즉 무슨 뜻일까?

"핫."

기가 막힌다는 웃음—. 모모노였다.

"착각하면 안 되는 거죠? 그냥 인간 모양을 한 것만으로는 〈그렇다〉라고만 볼 수는 없는 거죠. 뭔가 더 좋은 방법이 이번에도 있는 거죠?"

그렇게 말하고 그녀는 눈짓해 왔다. 유우키는 답하지 않았다.

"아마도, 장애물의 개수 아닐까요."

베니야가 말을 이었다.

"육각형의 방과 아까 그 엘리베이터. 이걸로 2개. 또 하나 클리어해야 할 것이 있다는 증거겠죠. 이 입구의 어딘가에 있는 게 아닐지?"

그건 아니다. 유우키는 생각했다. 고작 여섯 명이 참가한 게임에서 장애물 3개는 너무 많은 데다가, 램프에 가위표를 치는 의미도 그다지 느껴지지 않는다. 게임은 플레이어를 속이기는 해도 오해를 줄 만한 짓은 하지 않는다. 램프의 형태에는 그에 상응하는 의미가 있어야 한다.

그 의미란 건 무엇일까.

타당한 해석은 하나밖에 떠오르지 않는다.

당장 유우키가 행동에 나서지 않은 것은, 새로운 의문이 하나 생겼기 때문이다. 게임의 생환율은 7할이 통상적이다. 이래서는 설정이 지나치게 가혹하다. 뉴비의 생환율은 베테랑보다도 낮다. 그래서 개개인의 생환율만을 보면, 여섯 명 중 세 명만이 탈출 가능하다는 설정은, 가혹한 것은 아니다. 역시 유우키가 짐작한 대로 플레이어의 밸런스가 이상한 데는 의미가 있었다. 진작부터 품었던 의문까지 예기치 않게 풀리고 말았다. 이렇게까지 딱 들어맞으니, 더 이상 다른 해석을 시도할 필요가 없었다.

마음이 영하 수준으로 싸늘해졌다.

유우키는 킨코를 바닥에 내팽개쳤다.

"아야······."

바닥을 구른 뒤 위를 보고 누워 유우키를 향한 그 눈빛은 곤혹스러움이 반, 실수로 떨어트린 거죠, 라는 호의적인 해석이 반이었다. 비난하는 기색은 없었다. 착한 아이로구나. 그렇게 유우키는 생각했다. 이 순수한 얼굴에 지팡이 끝을 갖다 댔다.

그리고, 자신의 체중을 실었다.

뿌꺽, 하고 쌍자음을 잔뜩 써서 표시해야 할 소리가 났다. 킨코의 목에서 난 소리다. 그녀의 목이, 거칠게 건드리면 부러져 버릴 정도로 가느다란 목이, 부러졌다. 원래 한계치까지 수분을 줄여서 약해져 있던 면도 있었기에, 저항이라고 할 만한 것은 없었다. 목소리조차 나오지 않았다. 외상이 없기에 〈방부 처리〉가 작용할 일도 없이, 시간으로 치면 불과 몇 초, 중량으로 치면 불과 몇 킬로그램의 힘으로 킨코는, 죽었다.

세 번째 램프에 불이 켜졌다.

문이 저절로 열렸다. 기압 차가 있기 때문인지 상쾌한 바람이 불어 들어왔다. 기분 좋은 파란 하늘과, 녹음이 우거진 정원이 모습을 드러냈다. 건물을 나온 순간, 게임 클리어라는 게 불문율이었다. 정원으로 나서면 그 후에는 그냥 그 언저리에서 누워 있으면 된다. 곧바로 직원이 마중을 나와 줄 것이다. 조금만 더ㅡ. 지팡이와 발을 움직이면서 자신 이외의 발소리가 들리지 않는다는 사실을 깨닫고 유우키는 뒤를 돌아봤다.

두 아가씨가 우두커니 서 있었다.

믿을 수 없는 걸 봤다. 그런 눈을 하고 있었다.

그야말로 문자 그대로 유령을 본 듯한ㅡ.

건물을 나왔다. 게임 클리어였다. 게임이 끝나면 말해도 좋다. 그것이 규칙이었다. 시선을 떨구고 말 없는 킨코에게 유우키는 단단히 시선을 고정했다.

그리고, 말했다.

"미안해."

(22/23)

속인 건 아니다.

유우키는 정말로 최대 인원수로 게임 클리어를 하려고 했다. 그 시도가 잘 풀려나갔다고는 빈말로도 할 수 없지만, 그래도 마음만큼은 뿌리 깊이 그럴 작정이었던 것이다. 킨코를 죽인 것은 어쩔 수 없었던 탓―. 세 명이 죽지 않으면 끝나지 않는 게임임을 깨달았기 때문이다.

죽이기 쉬워서 죽인 게 아니다.

죽고 싶다고 말했기에 죽인 것도, 킨코가 특별히 미워서 죽인 것도 아니었다. 그녀를 선택한 것은 가까웠기 때문이다. 게임 중 누군가를 죽일 필요가 생겼을 때, 그때는 가장 가까운 곳에 있는 인간을 대상으로 고른다. 그렇게 유우키는 정한 바 있었다. 살인에 대한 망설임을 조금이라도 가볍게 하기 위한 규칙이었다. 제 손으로 살해하는 용기마저 북돋아 주는 것이다.

결국, 쓰레기 배출일에는 맞추지 못했다.

직원들에 의해 구급차에 실려 의식을 잃고 정신이 들고 보니 빌라에 위치한 자기 집이었다. 머리맡에 놓여 있던 휴대폰을 손에 쥐자, 금요일 낮이었다. 아아, 하고 실망하며 3분간 타이머를 설정하고, 눈을 감고 양손을 모았다.

게임 후의 의식, 기도였다.

종교를 모르는 여자이므로 자기 나름의 방식이었다. 기도라는 표현조차 적절하지 않을지도 모른다. 이번 게임에서 목숨을 잃은 아가씨들에게 사과하지도, 슬퍼하지도 않고, 그저 3분, 그 여자아이들을 머릿속에 담고 시간을 소비하는 것이다.

어이없으려나.

자기가 죽인 사람에게 기도를 바친다는 게—.

하지만, 적어도 유우키의 안에서는 모순 없이 성립되는 것이다. 알람이 울리고 눈을 떴다. 타이머를 끄고, 휴대폰을 놓고, 옷을 벗고 온몸을 확인했다. 상처가 없었다. 온몸을 움직이는 데도 지장은 없었다. 자기 몸이 완전히 〈복원〉되었는지를 확인한다. 이는 두 번째로 중요한 의식이었다.

양쪽 다리로 일어서서 유우키는 세 번째 의식에 착수했다. 방에 갖춰져 있는, 양문형 옷장을 열었다.

안쪽에 온갖 꽃들이 흐드러지게 피어 있는 듯한 광경이 펼쳐졌다.

가장 오른쪽에 걸려 있는 것은 치어리더 유니폼이었다. 27회차 게임에서 사용한 것이다. 그 왼쪽에는 기모노. 이것은 26회차. 그보다 더 왼쪽으로는 학교 수영복, 수의, 군복, 체조복, 차이나 드레스가 이어졌다. 가장 왼쪽에는 세일러복이 걸려 있다. 이것이 1회차 게임에서 사용한 의상임을 뜻하지는 않는다. 자주 의상을 꺼내서 당시를 회고하기에, 순서는 섞여 있었다.

　유우키는 뒤를 돌아봤다. 이불 위쪽에 메이드복이 개켜 있었다. 게임에 사용한 의상은, 클리어 후에 받을 수 있는 것이다. 엘리베이터 앞에서 갈기갈기 잘렸을 텐데, 원상 복구되어 있었다. 유우키는 그에 고마워하면서 28회차 게임의 참가 기록이 될 그것을 옷장의 오른쪽 끝에 걸었다.

　세 번째로 중요한 의식이었다. 그다음 네 번째가 대기 중이었다. 한심한 꼴을 〈관객〉 여러분께 보이고 말았기에 이번의 그것은 평소보다 길어질 듯했다. 유우키는 드러누워 가까이에 있던 담요를 뒤집어썼다. 그리고, 온기 속에서 이빈 게임에 대한 반성회를 홀로 시작했다.

(23/23)

신참 플레이어를
위한 입문서

참가자(플레이어)의 인원수는 게임에 따라 다르다.
백 명 이상일 때도 있고, 5명 이하일 때도 있다. 게임
기간은 다양하다. 일주일 이상 걸리는 경우도 있고,
한 시간도 안 돼 끝나는 경우도 있다.

게임 규칙도 경우에 따라 제각각이지만, 사람이
죽는 것을 마다하지 않는 것은 확실하다.

플레이어는 특정 의상을 입게 된다. 이것도 게임에 따라 다양한데, 대체로 코스프레 같은 것이 많다. 게임 현장에 감시 카메라가 다수 설치되어 있는 점을 함께 고려하면, <관객>이 있을 거라고 짐작할 수 있다.

무사히 게임을 클리어하면, 플레이어는 상금을 얻는다. 누가 살아남을지 <관객>이 돈을 걸고, 거기서 상금이 조달되는 것으로 추측되지만, 확실하지는 않다.

플레이어는 게임에 대해 일반인에게 말해서는 안 된다. 또한 게임의 운영 모체를 찾아내려고 해서도 안 된다. 이 두 가지만 지키면, 운영진은 플레이어에게 최대한 원조해 줄 것이다. 게임 중에 팔이 날아가든, 배가 찢어지든, 클리어 후에는 원래대로 복구해 줄 것이다.

"살인마와는 싸우지 마."

언젠가, 유우키는 그렇게 배웠다.

"별 볼 일 없는 인간들만 모아오는 게 이 업계야. 그런 것들과 만날 기회도 가끔 있겠지만…… 절대로 상대하지 마. 가능한 한 전투를 회피하는 방향으로 움직여."

흔히 있는 표현을 쓰자면, 그녀는 〈스승〉이었다.

목숨이 위태로운 이런 동네에도 그러한 관계는 존재했다. 그 어떤 베테랑과도 마찬가지로, 게임의 ABC를 주입식으로 교육받았던 시기라는 게 유우키에게도 있었다.

"게임 경험이라던가 장비가 유리하다던가 그런 건 상관없어. 상대방이 〈살인마〉라는 시점에서 우리에게는 승산이 없거든."

"……이해가 안 돼요."

유우키는 항변한다.

"남을 죽인 경험 정도는 제게도 있어요. 플레이어끼리의 전투가 있는 게임도 몇 번이나 클리어했고요. 세상의 일반적인 사람들이 보기에는 저도 충분히 살인마예요. 그런데 못 이긴다고요?"

"못 이겨. 묘하게 지식이 있어서 더 결과가 안 좋아. 네 그 능력은 〈생존술〉일 뿐 〈살인권〉이 아니니까. 힘의 성질이 달라. 만화가와 일러스트레이터, 보디빌더와 운동선수. 격투가와 야

쿠자의 차이야. 이 게임은 살인이 아니라 생존을 목적으로 해. 우리의 몸과 마음 전부 그것에만 특화되어 있어. 따라서 승부의 무대를 옮기면 전혀 통용되지 않게 되는 거지. 그걸 전문으로 하는 인간에게는 아무도 못 이겨. 게임에 관해서는 톱 프로인 우리조차도, 무심코 성질이 나서 사람을 죽인 아마추어에게조차 못 미쳐. 승산은 전혀 없는 거야. 절대로 싸우지 마."

"불가피하게 싸우게 된다면?"

유우키는 물었다.

"그 외에 게임 클리어 방법이 없다. 그런 경우에는 어떻게 하죠?"

"끝이야."

너무도 냉정한 대답이 돌아왔다.

"그런 기회가 오지 않기를 기도할 수밖에 없어."

(1/43)

유우키는 낯익은 이불 위에서 눈을 떴다.

(2/43)

낯익은 이불이었다.

그것은 게임 개막을 의미하지 않았다. 지어진 지 30년, 철근

콘크리트 공용 부분 수선 유지비가 포함된 월세 3만 5천엔의 빌라 107호실, 가장 가까운 전철역까지 15분이라는 증명이었다. 좋은 꿈에서 깨어났을 때와 같은, 실망스러운 기분으로 유우키는 몸을 일으켰다.

새까맸다.

깊은 밤이었다. 유우키는 왼손을 뻗어 두세 번 손으로 바닥을 더듬은 뒤 휴대폰을 쥐었다. 버튼을 눌러 화면을 켜 시간을 확인했다.

〈2:07〉이라고 표시되고 있었다.

창문을 봤다. 커튼이 달리지 않은 창문 너머에는 변변한 풍경은 보이지 않는다. 가로등이 점점이 자기주장을 하는 것 이외에는 시커먼 암흑이었다. 오후라면 시계는 〈14:07〉이라고 표시될 테니 오전 2시임을 인정할 수밖에 없었다.

전날의 기억을 더듬었다. 어제는, 그래, 분명 저녁에 선잠을 잤다. 늦은 점심을 먹고, 혈당 스파이크 같은 게 왔는지 자꾸만 멍해지고 아무것도 안 하고 싶어져서 이불을 뒤집어쓰고 눈을 감았던 것이다. 그리고 약 8시간—. 현재 시간과 계산이 맞아떨어졌다.

생활 리듬이 망가진 상태였다.

유우키는 아직 무거운 머리를 싸안고 일어섰다.

전등을 켰다.

그러자 원룸이 그 무시무시한 전모를 드러냈다.

무시무시한 점 그 첫 번째—. 입구를 묶어 놓은 쓰레기 봉지의 수가 가구보다도 많다. 일반 쓰레기가 세 봉지, 플라스틱 쓰레기가 다섯 봉지 있었다. 그에 비해 가구라고 할 만한 것은 침구 한 세트와 냉장고, 귀중품 수납장밖에 없었다. 책상조차 없다. 프라이팬이나 식칼 등도 물론 없었다. 무시무시한 점 그 두 번째—. 방구석에 택배 상자가 잔뜩 쌓여 있었다. 모으는 게 아니다. 자신이 사는 지역에서 택배 상자를 어떻게 버려야 할지, 유우키는 몰랐던 것이다. 무시무시한 점 그 세 번째—. 사방에 곰팡이가 피어 있다. 어떻게 해야 할지 몰랐다. 자연 발생하는 것이기에 어쩔 수 없는 게 아닐까. 생활 능력을 익히면 곰팡이 쪽에서 눈치껏 알아서 안 자라기라도 하는 건가. 무시무시한 점 그 네 번째—. 추리닝 이외의 옷이 안 보인다. 그도 그럴 것이 애당초 없는 것이다. 아까 그 곰팡이 때문에 다 버리고 말았다. 추리닝 바람으로 돌아다니기에는 주위의 시선이 신경 쓰이고 창피해서 유우키의 최근 외출은 오로지 밤에만 이뤄지게 되었다. 빠진 머리카락이 바닥 위에 마구 흩어져 있었다. 목욕을 했는지 안 했는지 기억이 안 나는 등, 아직 무시무시한 요소는 남아 있지만, 전부 세다 보면 끝이 없기에 이쯤에서 관두기로 했다.

배가 불만을 호소해 왔다.

뭔가 먹자고 생각했다. 냉장고를 열었다. 아무것도 없었다. 아무것도 들어 있지 않다는 의미는 아니다. 들어 있는 것의 양만 보자면 훌륭했다. 버릴 기회를 장기간에 걸쳐 계속 놓친 빈 우유 팩, 상온에서 방치하기 불안해 넣어둔 캔 쓰레기, 언제부터 들어 있는지 알 수 없는 양배추, 궁상떠는 성격 때문에 못 버린 조미료 봉지, 슬슬 마법의 힘이 스며들었을지도 모르는 슬라이스 치즈 등, 애처로운 광경이었다. 유우키는 냉장고 문을 닫고 정신 건강을 보호했다.

잠옷용 추리닝에서 외출용 추리닝으로 갈아입었다.

같은 추리닝이고, 청결함이라는 점에서도 그다지 다를 게 없었지만, 유우키는 항상 그렇게 했다. 습관이었다. 매일 목욕하는 습관조차 없는 주제에 이런 건 지켜야만 직성이 풀리는 것이다. 유우키는 맨발에 구두를 신고 집을 나섰다. 〈방부 처리〉가 돼 있으므로 구두에 뒷꿈치가 쓸릴 염려는 없었다.

5분 정도 걸어가자, 편의점이 나왔다.

5분 동안 어떻게 된 영문인지 공복이 사라졌다. 뭐랄까 그럴 기분이 아니었다. 그렇다고 해도 모처럼 왔으니 구경하다 느낌이 좋은 아이스크림이 눈에 들어왔기에 유우키는 그것만 들고 계산대에 섰다. 휴대폰을 꺼내고 현금 없이 220엔을 결제했다.

그 후 아이스크림을 앞에 두고서 한동안 서 있었다.

"……?"

점원을 봤다. 의아해하는 시선이 돌아왔다.

"아, 봉지, 주세요."

그랬다. 언제부터인가 유료화된 것이다. 말을 안 하면 비닐

봉지는 주지 않는다. 목소리를 내는 것이 사흘 만이었기에 명료한 발음은 아니었지만, 그래도 전해진 듯 추가 금액 3엔을 또 현금 없이 결제하고 비닐봉지를 들고서 편의점을 나왔다.

밤길을 걸으며 유우키는 봉지에서 아이스크림을 꺼냈다. 하드 아이스크림이었다. 길을 가는 도중에 깨물어 먹는 것은 기꺼이 할 만 한 일이었다.

봉지를 연 그 순간, 유우키는 비닐봉지가 필요 없었음을 깨달았다. 그와 동시에 슬슬 각종 쓰레기 봉지가 바닥날 타이밍이었기에 더 사둘 필요가 있었음을 상기했다. 뒤를 돌아봤다. 물리적인 거리는 몇 걸음밖에 되지 않았다. 그러나 이미 아이스크림의 포장을 뜯어 버렸고 그 점원과 다시 대면하기도 민망했기에, 이번에는 넘어가기로 했다. 유우키는 아이스크림을 먹었다. 맛있었다. 돌아가는 길을 반도 가지 않았는데 다 먹고 막대기를 포장지에 쑤셔 넣고서 그것을 비닐봉지에 넣었다. 손가락에 걸고 빙빙 돌리며 돌아가는데 마침 다리를 지나갈 때 손가락에서 봉지가 빠져나가 난간 울타리를 통과해 개천에 빠졌다. 금세 회수 불가능한 곳까지 흘러갔다. 불가항력이라고는 하나 유우키는 개천에 쓰레기를 투척한 것에 대해 죄책감을 느꼈다.

그나저나 내일이 일반 쓰레기 배출일인 것이 생각났다. 방에 쌓여 있는 일반 쓰레기 세 봉지를 버려야 하는데 벌써 귀찮아졌다. 편의점 비닐봉지를 개천에 떨어뜨리지 않았더라면, 또는

─. 그렇게 핑계거리를 만들며 터벅터벅 빌라로 돌아갔다.

하지만 집 안으로 들어가지는 않았다.

빌라 앞에 차가 서 있었기 때문이다.

"밤 늦게 실례합니다."

운전석의 창문이 열려 있었다. 그 안에서 목소리가 들려왔다.

유우키를 담당하는 에이전트였다.

3, 4회차 정도의 게임부터 전속 에이전트가 붙게 되었다. 유우키가 밤낮이 뒤바뀐 생활을 하고 있기에, 그에 맞춰 이렇게 한밤중에 데리러 와준 것이다.

"〈캔들 우즈〉에 모시기 위해 왔습니다. 준비는 다 되셨습니까?"

준비는 다 되셨습니까? 라니, 이상한 질문이었다. 이런 추리닝 바람으로 편의점에서 돌아오는 길에 준비가 다 되었을 리가 없기 때문이다. 그러나 항상 이런 식이었다. 매번 옷 한 벌만 달랑 입은 채로 소집에 응해왔기 때문에 어차피 이번에도 그럴 거라고 그쪽도 믿는 것이다.

그리고, 유우키로서도 기대를 저버릴 생각은 없었다.

"네. 지금 당장, 데려가 주세요."

그렇게 답했다.

그 얼굴은 미소를 짓고 있었다.

(3/43)

게임 스타트—.

유우키가 눈을 떠 보니, 숲속이었다.

(4/43)

숲속이었다.

눈을 뜸과 동시에 나뭇잎 사이로 햇살이 비쳐 들어왔다. 유우키는 아침 기상에 약했지만, 그런 식으로 햇볕을 쬐니 아무래도 눈이 번쩍 뜨였다. 몸을 일으키고 주위를 둘러봤다. 그리고 곧바로 숲속이라는 판단이 틀렸음을 알았다.

인공 숲이었다.

인공림[#4]은 아니다. 인공물로 꾸며진 숲인 것이다. 그런 취향의 카페 같은, 고대의 자연을 재현한 놀이공원의 한 부분 같은 모조 삼림이 유우키를 둘러싸고 있었다.

작은 방이었다. 크기는 유우키가 사는 3평 정도의 빌라 원룸과 비슷한 정도—. 벽은 수목, 바닥은 이파리 모양의 구조물로 각각 뒤덮여 있었는데, 천장만은 완전히 보호되어 있지 않았다. 가지와 잎사귀 사이로 빛이 비치고 있었다. 그 파란 하늘에 사람이 만든 듯한 기척은 보이지 않았다. 아마도 진짜 햇빛이리라.

#4 인공림 사람이 씨나 나무를 심어 만든 숲.

작은 방에는 물건다운 물건은 없었다. 유우키만이 있을 뿐이었다. 바닥에 깔린 나뭇잎을 버석거리며 일어섰다. 자신의 모습을 물끄러미 바라보고, 그리고—,

"우와……."

하고 소리를 질렀다.

유우키에게 바니걸 의상이 입혀져 있었다.

실물을 본 적이 있는 사람은 적을지도 모른다. 카지노라든가, 나이트클럽에 곧잘 있다는 소문이 도는 의상이다. 토끼 귀가 달린 머리띠. 소매와 옷깃 리본밖에 없는 상의. 몸의 라인을 한계까지 드러내 보여주는 슈트. 보행 편의성 제로인 하이힐. 다리는 양쪽 다 드러난 상태였다.

어떤 의미에서는 다 벗었을 때보다도 창피한 차림새였다.

엉덩이 부분에 달린 하얀 털 뭉치를 만지며, 유우키는 「으아—.」 하고 소리 질렀다.

분명히 꽝인 의상이었다. 플레이어의 의상은 게임에 따라 다르다. 크건 작건 코스프레인 건 다르지 않지만 그래도 종류에 따라 옷을 입는 쪽의 기분은 전혀 달랐다. 이번은 지금까지 중 가장 과격했다. 전전전 회차의 학교 수영복 쪽이 그나마 나았다. 아니, 진지하게 말하자면, 이런 걸 보고 〈관객〉 여러분이 좋아할까, 하고 유우키는 생각했다. 현실과 허구의 차이를 이렇게 여실히 보여주는 의상도 달리 없을 것이다. 스스로 자기 전신을 볼 수 없기에 유우키의 데미지는 대수롭지 않지만, 이 방의 어딘가에 설치된 카메라에는 상당히 끔찍한 광경이 기록되고 있을 터였다. 그 부분은 괜찮을까. 게임 자체가 애당초 끔찍하기에 괜찮으려나.

유우키는 방을 나섰다.

좁은 복도였다. 길의 폭은 유우키의 어깨 폭에 10센티미터를 더한 정도밖에 되지 않았고, 또 몇 미터 간격으로 모퉁이가 이어졌다. 시골 유원지에 종종 있는 거대 미로를 연상시켰다. 연상이랄까, 원래 진짜로 그것인지도 모른다. 이런 종류의 거대 미로란 대체로 버블 경기의 기념물 같다는 게 유우키의 편견이었다. 그것이 게임의 무대로 개조된 건 왜일까. 엄청난 탐욕의 냄새가 났다.

유우키는 미로를 나아갔다. 이러한 종류의 미로에는 공략법이 있다. 왼손법이라는 것이다. 항상 왼쪽 벽을 따라 걸음으로써 언젠가는 반드시 출구에 도착하는 것이다. 가방끈이 짧은 유우키도 그 정도는 알고 있지만 이번에는 그렇게 하지 않았다. 나아가야 할 방향이 이미 보였기 때문이다.

보였다고 할까, 들렸다. 인공 숲의 술렁거리는 소리에 섞여 학교의 조례 전 같은, 영화 상영 전과 같은, 상당히 많은 사람이 웅성웅성 말하는 소리가 미로를 한참 나아간 즈음부터 유우키의 귀에 들려왔다. 이만큼의 음량이라니, 아마도 이 게임은—. 〈그것〉이 눈에 들어옴과 동시에 그녀의 예상은 적중했다.

큰 방이었다.

수백 명의 토끼가 있었다.

(5/23)

아까까지의 복도와는 완전히 다른, 넓은 방이었다.

이만큼의 넓이라면 단순히 〈방〉이라고 부르기에도 적합하지 않았다. 홀이라든가, 플로어라고 해야 할지도 모른다. 어쨌든 휑뎅그렁한 공간에서 초등학교 하나만큼의 토끼들을 수용하고 있었다.

진짜는 아니다. 코스프레한 토끼들이다. 유우키와 똑같은, 거북한 차림새의 아가씨들이다. 그러나 유우키가 본 인상으로는 모두 의외로 잘 소화하고 있었다. 토끼로 훌륭히 변신했다. 안 어울리는 것은 유우키뿐인 건가. 아니면 사춘기의 앞머리처럼 주위에서 보기에는 그렇게 이상하지 않은 걸까. 부디 후자이기를 바라며 유우키는 방으로 들어갔다.

토끼 중 몇몇이 유우키에게 시선을 던졌다. 유우키에게는 게임 시작 때 잠을 깊이 잔 탓에 집합에 늦어, 많은 플레이어로부터 주목받는 것은 항상 있는 일이었다. 유우키는 몇몇밖에 안 봐서 다행이라고 생각했다. 모두가 노려보면 아무래도 거북해진다. 시선을 무시하며 유우키는 어느 한 토끼를 목표로 정했다.

그 토끼는 방 안쪽, 역시나 인공물인 그루터기 위에 앉아 있었다. 「안녕하세요, 스승님.」하고 유우키는 그 플레이어에게 말을 건넸다.

"전혀 안 어울리네요."

하얀 토끼였다.

우선 머리카락이 하얗다. 솜사탕 같은 웨이브가 진 하얀 머리다. 피부도 하얗다. 하얗다고 할까, 혈색이 없는 느낌이다. 몸이 가늘고, 안 그래도 가녀린 체형을 바니걸 의상이 더 강조하고 있었는데 그래도 허약하지는 않고 군살을 제거한 결과로 체형이 가늘다는 것을 유우키는 알고 있었다.

하쿠시, 라고 한다.

유우키의 스승, 이 게임의 최고참이었다.

"너야말로."

하쿠시는 낮은 목소리로 되받아쳤다. 크기만 따지면 작지만, 잘 들리는 목소리다.

"3개월 만인가. 어때? 이상한 데 다치지는 않았지?"

"네, 뭐. 잘하고 있습니다."

"이번으로 얼마나 되지?"

"여섯인가 일곱인가 여덟이에요. 열까지는 안 갔을걸요."

나이가 아니다. 게임의 플레이 횟수였다. 「이제 좀 외우지 그래.」라고 스승은 실눈을 떴다.

"몇 번이나 말했잖아. 참가한 게임을 기록하라고."

"상관없잖아요. 잘 되고 있는데."

"그건 장기적으로는 안 통해. 30에는 도달 못 할걸."

"스승님이야말로, 지금 어떻게 된 겁니까?"

유우키는 억지로 화제를 바꿨다.

"3개월이면 세 번이나 네 번인가요. 혹시 벌써 99회를 달성해 버린 거예요?"

"아니."

하쿠시는 긴 다리를 꼬았다.

"아직 96회야. 게임에 나온 건, 그때 그 풀장 때 이후로는 처음이지."

"……꽤나 느긋하시네요."

유우키는 고개를 갸웃했다. 〈풀장 때〉란, 유우키가 3개월 전에 출전한 게임을 말했다. 즉, 하쿠시는 3개월이나 쉬고 있었던 셈이다.

「신중하게 하고 싶어서.」라고 하쿠시는 답했다.

"앞으로 4번이야. 준비 부족으로 죽으면 그야말로 죽어도 죽을 수가 없겠지."

이의가 없다고 하면 거짓말이었다.

유우키는 몸 상태를 정비하는 것보다 리듬이 중요하다고 생각했기 때문이다. 사람 목숨이 걸린 이 게임에 대한 센스는, 비일상 속에서만 단련할 수 있다. 지나치게 공백을 두지 않는 것이 무엇보다 중요한 것이다. 긴 공백을 가지고 복귀한 뒤 첫 게임에서 죽은 플레이어의 이야기는 수를 헤아릴 수 없을 정도다. 하쿠시도 그 정도는 잘 알고 있을 터였다.

하지만 유우키는 「그러신가요.」라고만 대꾸했다. 스승의 판단에 참견할 생각은 없었다.

"그래서, 준비하신 보람은 있을 것 같나요?"

"글쎄. 끝날 때까지는 모르지."

하쿠시는 멀리 시선을 던졌다. 그곳에는 아마도, 너구리를 본뜬 듯한 마스코트가 굴러다니고 있었다. 이미 파괴되어 열린 뱃속에서는 전자부품이 엿보였다.

"저건?"

"해설 담당이야. 모두가 두들겨 패서 파괴했어."

있을 때도 있고, 없을 때도 있다.

유우키가 만나는 건, 이걸로 분명 3회째가 될 터였다. 게임 규칙이 복잡한 경우, 직관적으로 제시하기가 곤란한 경우 등, 해설 담당이 게임 시작 전에 출현하는 경우가 때때로 있다. 대체 누가 그렇게 정한 것인지, 해설 담당은 인간도 아니고 그저 음성이나 문서도 아니고, 저런 엉성한 마스코트가 담당하는 경우가 통상적이었다.

"용기 있네요. 저런 것에 손을 대면 보통 본보기로 당할 텐데."

"상대가 거북이나 늑대였다면 안 했겠지. 너구리라서 부순 거야. 뭔가 아이템을 숨기고 있을지도 모르니까."

"……? 너구리라면 부숴도 되나요?"

"딱딱산#5에서 죽였잖아. 토끼는 너구리한테 이겨."

"딱딱산이라는 게 그런 이야기인가요?"

"특별히 쓸 만한 건 발견되지 않았어."

바보는 상대하기 싫다는 반응이었다. 유우키는 순순히 「……어떤 게임이죠?」라고 물었다.

"쉽게 말해서 술래잡기야. 우리 〈토끼〉는 일주일 동안 생존하면 클리어. 〈그루터기〉— 즉 〈술래〉는 같은 기간 안에 5명 이상의 토끼를 살해하면 게임 클리어. 너구리의 설명에는 없었지만, 뭐, 모종의 장비가 〈그루터기〉에게는 제공되겠지."

"그루터기는 생물이 아니잖아요."

"하지만 토끼를 죽였어.#6 설마 그것도 몰라?"

"알아요."

무식해서 몰랐다. 하지만 아는 척을 했다.

"아직 시작하지 않았죠? 시작은 언제죠?"

"확실히 말하지는 않았지만, 아마도 6시간 후."

"아마도라는 건…….."

"저기 시계가 있어. 폭탄이 달린 것 같은 빨간 디지털시계야."

#5 딱딱산 일본어로는 카치카치야마. 너구리가 할머니를 죽이자, 이를 슬퍼하는 할아버지를 위해 토끼가 대신 복수해 준다는 내용의 일본 설화.

#6 하지만 토끼를 죽였어. 수주대토 守株待兎. 송나라의 한 농부가 우연히 그루터기에 충돌해 죽은 토끼를 잡은 후, 또 같은 상황을 기대하며 일도 하지 않고 그루터기만 지키고 있었다는 데서 유래한 사자성어.

유우키는 하쿠시의 엄지가 가리킨 방향을 눈으로 좇았다. 토끼의 파도에 묻혀 보이지 않았다.

"보다시피 6시간 후에 제로가 될 거야."

"사람이 많아서 안 보여요."

"직접 가서 보고 와."

"엄청나게 사람이 많은데, 몇 명이나 되죠, 이건?"

"〈토끼〉가 300명, 〈그루터기〉가 30명. 내 경험으로도 최대 규모의 게임이야."

　물론 유우키에게도 최대급이었다. 300명은커녕, 세 자릿수의 게임조차 거의 경험이 없었다.

"이런 인원수를 잘도 모았네요. 대부분은 초심자이겠지만……."

"아니. 그런 것도 아니야. 신인은, 봐 봐, 저기 한 팀뿐이야."

　하쿠시는 턱으로 한 곳을 가리켰다. 방 한구석에 30명 정도가 뭉쳐 있었다. 초심자의 모임이었다.

"나머지는 대체로 아는 얼굴이야. 별로 의식하지 않았는데, 이 게임의 〈단골〉은 200명 이상이나 있다더라. 조금 놀랐어."

"뭐랄까, 고작 수백만 엔의 상금에 목숨까지 거는 바보가 이렇게나 있네요."

"네가 할 말이니?"

　무허가 사채업자에게 빚을 졌다든가.

　몸값을 요구받았다든가, 보육원 아이들을 먹여 살리기 위해서라든가. 이런 게임에 출전하는 인간이란, 필시 절실하고 긴급하고 누구나 납득할 수 있는 사정을 안고 있을 것이라고 문외한들은 생각할지 모르나 실태는 다르다. 〈딱 한 번만〉이라면 그런 면도 있다. 하지만 생업으로 하기에는 아무리 생각해도 수지가 안 맞는 이런 게임의 〈단골〉이 되면, 그건 이미 어딘가 머리가 이상하다고 생각할 수밖에 없는 것이다. 가장 흔히 듣는 것은, 죽느냐 사느냐의 스릴을 맛보고 싶다는 것이었다. 자살하기로 결심하고 죽기 전에 기념 삼아 모처럼 참가해 보는 사례도 그럭저럭 있다. 합법적으로 사람을 죽일 수 있어서 최고라는 살인마도 때때로 있다. 그런 이유라도 분명히 들 수 있다면 그나마 나은 편이고, 믿기 힘들게도 그냥 어쩌다 보니 정착하게 되었을 뿐이라는 플레이어도 많이 있었다.

유우키도 그중 한 사람이었다.

이유가 없는 것은 아니다. 사회성이 없기 때문에 평범한 직장에는 취업할 수 있을 것 같지 않고, 이 게임에 그럭저럭 적성이 맞는다는 자부심도 있었고, 하루시를 비롯한 인간관계도 다소 있으며, 여기 있으면 마음이 편하다. 게임 자체에 재미를 느끼고 있다는 점도 있다. 그러나 전부 근거로서는 약하다. 전부 모아도 약하다. 역시 머리가 이상하다고 생각하지 않을 수 없었다. 자기 마음을 의외로 가장 알 수 없었다. 자기 집의 냉장고보다도 혼란스러웠다.

억지로 말을 갖다 붙이자면 그것은 자포자기였다.

살아가고자 하는 의지가 결여됐다.

수면제를 단숨에 삼키는 듯한 기분으로 게임을 하고 있다.

"스승님이 가장 이해가 안 되는데요."

유우키는 말했다.

"99회, 인가요? 다 채운다고 해도 트로피도 상금도 못 받잖아요?"

"어. 그냥 신기록이야. 더 말하자면 신기록이라는 보장조차 없지. 내가 들은 바로는, 98회 연승이 최대라는 것뿐."

"잘도 그런 것에 매달리시네요."

"목표가 필요하거든."

하쿠시가 자리에서 일어나며 말을 이었다.

"너도, 곧 알게 될 거야."

유우키는 침묵했다.

99번의 연승 기록—.

그것이 스승이 원하는 것인 듯했다. 공감하기 힘든 단골들의 참가 동기 중에서도, 월등하게 의미 불명한 것이었다. 난이도가 우선 미쳤다. 생환율 7할의 게임을, 99번. 제대로 계산한 적은 없지만, 아마도 천문학적이라고 말해도 될 숫자일 터이다. 위험도도 물론 미쳤다. 기록이 끊어진다는 것은 곧 죽음을 의미한다. 목숨을 걸 정도의 모티베이션이 어디에서 솟아나는 걸까. 또한 아까 대화한 대로, 기록의 신빙성도 의심쩍었다. 99회로는 아직 부족할지도 모르고, 역으로 95회의 시점에서 이미 전대미문일지도 모른다. 그럴 가능성은 분명히 있다고 유우키는 짐작하고 있었고, 그렇다면 자신의 스승은 옷을 입고 돌아다니는 멍청이다.

그러나 목표는 목표인 것이다.

그것이 있다는 것만으로도 유우키보다 훌륭하다. 하쿠시를 비웃을 생각은 털끝만큼도 없었고, 오히려 열등감을 품고 있었다. 목표를 정하고 매진하는 그 모습에 공감할 수 없다. 그것이 유우키는 매우 수치스러웠다.

아무리 바보 같은 목표라고 해도—.

아무 생각 없이 살고 있는 자신보다 낫다.

(6/43)

토끼들의 통솔은 하쿠시가 하게 되었다. 200명이 넘는 단골 중에서도 그녀만큼 경험이 풍부한 플레이어는 없었기 때문이다.

토끼들은 작전 회의를 했다. 게임 규칙은 술래잡기. 그러나 일주일이라는 게임 기간으로 유추할 때 〈그루터기〉로부터 완벽히 도망치겠다는 것은 비현실적인 발상이었다. 30명의 〈그루터기〉 전부가 승리 조건인 5명을 살해한다고 치면 사망할 토끼는 300명 중 150명. 단순히 생각하면 생존 확률은 반밖에 없다는 계산이 된다.

그래서 자연스럽게 이쪽에서도 공격해야 한다는 안이 제기

되었다. 〈그루터기〉 진영에게 주어질 것으로 추정되는 무기를 빼앗아, 역으로 〈그루터기〉를 죽이는 것이다. 죽이면 죽일수록 토끼 진영이 생존할 수 있는 확률은 늘어난다. 모든 〈그루터기〉를 죽이면, 토끼의 희생 없이 게임을 끝내는 것도 이론상 가능하다. 그것은 이 게임의 하이스코어이며, 토끼 진영에게 이상적인 승리 형태였다.

이 작전의 문제는 무기를 가진 〈그루터기〉에게 누군가가 도전해야 한다는 점에 있었다. 유우키는 누가 그런 역할을 떠맡을 것인가, 라고 생각했으나, 실제로는 하쿠시를 비롯한 단골 그룹의 과반이 신청했다. 만약 무기를 빼앗는 데 성공한다면, 그 토끼의 생존 확률은 뛰어오르기 때문이다. 〈그루터기〉 입장에서는 무방비한 토끼를 제쳐두고 일부러 무장한 토끼를 노릴 이유는 없다. 위험에 뛰어듦으로써 역으로 생존 확률을 올린다. 너무도 게임의 단골다운 위험한 전략이었다.

그 위험한 전략을 유우키는 선택하지 않았다. 베테랑 선생님들께 맡기자고 생각했기 때문이다. 〈그루터기〉와는 싸우지 않는 선택을 한 신중파 플레이어 및 초심자 팀과 함께 큰 방에 남기로 했다. 하쿠시가 이끄는 적극파 토끼들이 미로를 나아가는 진형에 대해 논의하는 것을 바라보며, 유우키는 게임 그 자체와는 그다지 상관이 없는 것을 멍하니 생각했다.

의상에 관해서였다.

토끼 진영이 바니걸 의상임은 알고 있다.

하지만 〈그루터기〉는 대체 어떤 모습을 하고 있을까?

(7/43)

게임 스타트—.
모에기는 숲속에서 깨어났다.

(8/43)

모에기에게 이 게임에서 가장 취약한 순간은 개막 직후였다.

왜냐하면 머리가 욱신욱신 아파 온 것이다. 낮잠을 지나치게 자고 난 후와 같은, 밤샘을 한 다음 날 아침 같은, 수면 부족을 책망해 오는 듯한 두통이었다. 플레이어를 재우기 위해 사용되는 약품에서 그 원인을 찾을 수 있었다. 모에기와의 상성이 특별히 나쁜 것일까. 아니면 모두 비슷하게 욱신거리지만 참고 있는 걸까. 다른 여자아이에게 물어 보자고 매번 결심하지만, 항상 게임이 시작되면 금방 여유가 없어져 물어볼 기회를 놓치고 만다. 어차피 이번에도 잊을 것이다. 반쯤 포기하며 모에기는 두 눈을 떴다.

게임 스타트. 모에기는 숲속에서 깨어났다.

곧바로 진짜 숲이 아님을 알아챘다. 등 뒤로 인공물일 수밖에 없는 평평한 감촉이 느껴졌기 때문이다. 일어남과 동시에 가짜 이파리가 허공에서 춤췄다. 셀로판지와 비슷한 촉감이었다.

자연을 흉내 낸 방이었다.

크기는 교실 정도 되었다.

교실을 연상한 것은 모에기 이외에도 수십 명의 인간이 있었기 때문이다. 모두 모에기와 비슷한 10대의 아가씨들이었고, 더 말하자면 전원이 중학생 또는 고등학생이었다. 근거는 없지만, 알 수 있었다. 이 나라에서 고등학생 이하와 대학생과 사회인의 사이에는 꽤나 분명한 분위기 차이가 있기 때문이다.

모에기 이외에는 이미 모두가 일어나 있었다. 마지막으로 일어난 잠꾸러기에게 전원의 시선이 향했다. 모에기는 어색해하며 인사했다.

"……안녕하세요. 모에기입니다. 잘 부탁합니다."

몇몇의 머리가 움직이며 응답해 줬다.

"저기…… 제가 마지막인가요. 규칙에 대한 설명도 벌써 있었나요?"

잡담을 겸해 대화하기 위한 질문이었다.

그러나 예상과 반대로 아가씨들의 반응은 좋지 않았다.

"저기, 여러분."

모에기는 소리쳤다. 그러나 역시, 반응이 미미했다.

이상하네. 그렇게 생각하며 일동을 둘러봤다. 약 30명 정도 — 아마도 모에기를 포함해 정확히 30명 — 신학기를 맞은 반처럼 서로 탐색하는 분위기였다. 30명 중 누구도 이러한 상황에 익숙하지 않다는 뜻이었다.

모에기는 하나의 가설을 세웠다. 그 가설을 세운 이상 입에 담지 않을 수 없었다.

"……설마. 설마, 전부, 처음이야?"

반응은 없었다. 모에기는 바꿔 말했다.

"그…… 전부, 왜, 자기가 여기 있는지 모른다든가."

아가씨들은 시선을 좌우로 던졌다.

서로서로 반응을 살피는 것이다. 그것이 끝나자 끄덕끄덕, 하고 제각각 다른 타이밍으로 모두가 고개를 위아래로 흔들었다. 뒤죽박죽 망설임이 엿보이는 움직임이었으나 의미는 같았다. 긍정이었다.

전원이 경험 없음.

전원이 초심자.

모에기를 제외하고, 완전한 풋내기.

"……윽."

모에기는 머리를 감싸 쥐었다.

"망했다……."

"저기."

누군가가 손을 들었다. 「뭐야?」라고 모에기는 말했다.

"〈처음〉이냐고 물어보시니, 그, 모에기 님은 경험자로군요. 이게 뭔지 아시나요?"

"……알아."

모에기는 곁눈질로 그 여자아이를 봤다.

"하지만 내게 이야기를 듣지 않아도 모두 이미 알고 있지 않아? 사춘기의 망상 회로를 열심히 돌려 보라고. 그것이 알려주는 것이 답이야. 여기 있는 모두, 한 번 정도는 보고 들은 적이 있겠지."

그 여자아이는 침묵했다.

"영화 홍보도, 몰래 카메라도 아니야."

모에기는 확인 사살을 날린 후 또다시 방을 둘러봤다.

삼림을 모방한 것 이외에도 특이점이 둘 있었다.

하나는 외부와 이어지는 문—. 거기만 투박한 강철 재질에 이곳은 지나가지 못한다는 분위기로, 실제로 잠겨 있었다. 문 옆에는 작은 액정 화면이 있었는데, 숫자가 빨갛게 빛나며 1초마다 줄어들고 있었다. 〈06:12:56〉이라고 표시된 숫자는 6시간 후에 뭔가가 일어남을 암시하고 있었다.

또다른 특이점은 방 한구석에 놓인 마스코트. 다른 것과는 스타일이 다른, 인공물이라는 사실을 숨기려고도 하지 않는 1미터 정도의 나무에 노인의 얼굴이 새겨져 있었다. 인면수(人面樹), 즉 사람의 얼굴을 한 나무였다. 머리를 쓰다듬는 듯한 손놀림으로 살살 건드려 보자 웃음소리가 났다.

전자음이 재생되었다.

(9/43)

그 나무의 이야기는 살짝 요약하겠다.

왜냐하면 게임의 해설 담당은 항상 말이 길기 때문이다. 플레이어를 도발하는 말, 에두른 표현, 신경에 거슬리는 웃음소리. 이것저것 불쾌한 소리가 그대로 듣기에는 견디기 힘들다는 것이 모에기의 견해였다. 뇌 속에 필터를 만들어 8할 정도는 흘려듣고 남은 것을 나열하면 다음과 같았다.

이 게임은 〈술래잡기〉다. 당신들은 〈술래〉다. 그곳의 문에 있는 카운트가 제로가 되면 본격적으로 게임 시작, 문 너머에 있는 300명의 〈토끼〉를 죽이러 간다. 게임 기간은 일주일. 한 사람당 다섯 명의 토끼를 살해해야 한다. 조건을 채우지 못한 술래 — 해설 담당은 〈그루터기〉라고 불렀다 — 는 몸 안에 설치된 장치로 사망한다.

더 상세한 규칙—. 클리어 조건은 〈그루터기〉 각각에 따라 판정한다. 즉, 이것은 팀플레이가 아니다. 협력하는 것은 자유이지만 어디까지나 개인 플레이. 클리어와 관련된 것은 토끼 살해 수뿐이며 〈그루터기〉끼리, 〈토끼〉끼리 살인을 해봐야 좋은 일은 일어나지 않는다. 여러 명이 협력하여 토끼 한 명을 죽인 경우에는 마지막 일격을 가한 〈그루터기〉만이 카운트가 들어간다. 자신이 몇 명을 죽였는지는 해설 담당을 만지면 가르쳐준다. 또한 게임 종료 조건은 일주일이 지났을 때뿐이며 클리어 조건을 채운 〈그루터기〉도 그때까지는 여기서 대기해야 한다. 마지막으로 토끼 진영이 품는 원한에 주의하라는 조언을 받았다.

이야기가 끝나자, 한쪽 벽면이 회전했다.

세 종류의 무기가 벽 반대편에 걸려 있었다.

첫 번째. 나팔꽃을 본뜬 무언가였다. 나팔 모양의 총구에 총열과 방아쇠와 그립과 공이치기가 달려 있었다. 여자아이의 손에 잘 들어맞는 미니 사이즈였다. 그리고 보니 나팔꽃의 씨에는 환각 성분이 들어있었지. 그렇다면 이 꽃에서 발사되는 무언가도, 분명 인간을 전후 사정을 모르는 상태에 빠지게 할 것이다. 모에기가 손에 쥐어 보니 익숙한 그립감이 느껴지는 것이, 이전 게임에서 사용된 것을 활용한 것임이 틀림없었다. 그녀의 기억으로는 여덟 발 장전. 탄창 교환은 불가능하여, 한 번다 쓰면 끝인 설계였다.

두 번째. 댓잎 모양의 무언가가 있었다. 역사상 위인 중 누군가가 댓잎을 무기로 사용해 싸웠다는 이야기, 그것은 아무래도 창작 같은데 그렇다고 해도 이것은 번듯하게 잘 잘리는 물건이었다. 이파리의 길이는 아마도 15센티미터 이상, 중량은 진짜 댓잎처럼 가벼웠다. 흔들어 보자 기분 좋게 바람을 가르는 소리가 나서 실전에서 위력을 시험해 보고 싶다는 불온한 마음도 약간 일었다.

세 번째. 솔방울과 닮은 무언가가 있었다. 크기는 한 손으로 감쌀 수 있는 정도였는데, 앞의 두 가지에 비해 묵직한 무게감을 주장하고 있었다. 전체를 갈색으로 칠했는데, 솔방울다움이 손상되지 않도록 하기 위해서일까. 끄트머리의 안전핀은 투명한 소재로 되어 있었다. 솔방울이니까 틀림없이 불에 잘 타겠지만, 그래도 차폐물^{#7}이 없는 이 방에서 이걸 시험해 볼 기분은 들지 않았다.

숲속 친구들이었다.

한 치의 자비도 없는 진짜 위협이었다.

그것들은 제각각 열 개씩 마련되어 있었다. 합해서 30개, 한 사람당 하나씩이라는 계산일 것이다.

모에기는 열 개의 〈댓잎〉을 전부 잡아 뽑아 〈그루터기〉 아가씨들에게 휙휙 던졌다. 어떤 여자아이는 능숙하게 받았고, 어떤 여자아이는 바닥에 꽂힌 것을 주웠다. 어느 쪽이든 그것이 진짜라고 인정하지 않는 자는 없는 듯, 힉! 하고 짧은 비명이 차례로 터져 나왔다.

"다른 두 가지도 확인해 볼래?"

모에기는 〈나팔꽃〉과 〈솔방울〉을 가리켰다.

대답은 없었다. 시험할 것도 없다는 의미인 것으로 모에기는 해석했다. 그리고 「아까 설명된 것은 전부 사실이야.」라고 말을 이었다.

"앞으로 6시간 후에는 여기 있는 문이 개방되고 게임이 시작될 거야. 우리는 일주일 안에 5명의 인간을 살해해야 해."

#7 차폐물 적의 공격 등으로부터 방호해 주는 장애물을 뜻함.

반응은 없었다. 모에기는 개의치 않고 계속 말했다.

"토끼는 전부 300명. 우리는 30명이니까 전원 클리어 조건을 채우려면 살해할 토끼 수는 150명. 잘만 하면 전원이 살아서 돌아갈 수 있어. 힘을 합쳐서 분발하자."

분발할게요— 라고는 아무도 말해 주지 않았다. 처음 만난 사람이 많이 모였을 때 특유의 서먹서먹한 침묵만이 있었다.

〈그루터기〉 중 한 명이 손을 들었다. 「왜.」라고 모에기가 물었다.

"……몰래 카메라가 아닌가요?"

더듬거리는 말투였다.

"관계자 아니신가요? 그, 그러니까, 이상하잖아요. 혼자만 사정을 안다는 게……."

"……."

안 되겠다.

그렇게 깨달았다.

현 상황을 둘러싼 여러 가지에 대한 감상이었다. 게임이 실제로 존재한다고 아가씨들을 납득시키는 것이 우선 무리였다. 30명 중 29명이 첫 참가인 상황— 반대 입장이었다면 모에기도 분명 믿지 않을 것이다. 홀로 설득하는 것은 불가능에 가까웠다.

또한 설득을 끝냈다고 해도, 그래도 아직 출발선에 섰을 뿐인 것이다. 〈토끼〉와 〈그루터기〉에 의한 대전형 게임. 초심자만 모인 상태로는 도저히 타개할 수 있을 것 같지 않았다. 이쪽이 〈사냥하는 쪽〉이라는 것이 특히 최악이었다. 그냥 도망치면 되는 토끼와는 달리, 능동적으로 행동하지 않으면 살아 돌아갈 수 없기 때문이다.

내버리고 혼자 플레이할까—.

그런 생각도 머리에 떠올랐다. 하지만 그렇게 해서도 안 된다. 이 게임을 단독으로 플레이하는 것은 위험, 더 말하자면 무모하다고 모에기는 생각했다.

해설 담당의 설명에 따르면 마치 이쪽이 일방적으로 토끼를 〈사냥하는〉 듯한 말투였지만, 그렇지 않다. 이 게임의 본질은 〈서로 죽이는 것〉임을 모에기는 이해하고 있었다. 토끼 녀석들도 살해당할 것 같으면 저항할 것이고, 그 결과 무기를 빼앗고 반격해 오는 일도 있을 것이다. 그렇게 된 경우 〈그루터기〉를 보호하는 규칙은 해설 담당의 이야기에서는 나오지 않았다. 살해당하면 죽는 건 〈그루터기〉도 마찬가지인 것이다. 게다가 반격은커녕 적극적인 공격을 해 오는 토끼도 다수 있을 터였다. 〈그루터기〉의 수가 줄면, 그만큼 살아남을 수 있는 토끼의 숫자도 늘어나기 때문이다. 이 게임의 플레이어들은 그런 음험한 사고방식을 선호한다. 지금까지 참가한 두 번의 게임에서 모에기가 배운 점이다.

모에기의 실력은 토끼 진영과 맞붙어서 혼자서 돌파할 수 있을 만큼 높지 않다. 이렇게 잘난 척 상황을 돌보고 있지만,

사실 게임은 이제 3회차였다. 존경하는 〈멘토〉로부터 게임 방법에 관해 친절히 가르침을 받고 있는 상황이었다. 무장이라는 어드밴티지가 있다고는 하나, 300명이라는 수를 살려 공격해 올 게 틀림없는 토끼들을 상대로 혼자서 뛰어다니는 것은 너무도 무모하다. 이쪽도 집단의 힘을 이용했으면 했다.

하지만 그냥 오합지졸을 데리고 가는 건 소용이 없다. 이것이 목숨을 건 게임임을 이해하고, 치졸하더라도 무기를 다룰 줄 알고 사람의 목숨을 빼앗을 수 있는 정도가 아니면 의미가 없다. 앞으로 6시간 안에 모에기는 〈그루터기〉 아가씨들을 그 영역까지 인도해야 했다.

어떤 수단을 써서라도—.

다행히, 아이디어는 있었다. 모에기 자신도 단시간에 게임에 적응하게 된 방법이기 때문이다. 멘토로부터 받은 사람을 죽이는 법에 관한 〈지도〉, 그것을 그대로 써먹을 수 있을 것 같았다. 그렇기에 문제는, 모에기의 각오 쪽에 있었다. 〈그것〉을, 그것을 정말로 여기서 하는 건가. 깨닫고 보니 심장이 요란하게 뛰었다. 모에기는 아가씨들에게 보이지 않도록 뒤로 돌아 가슴에 손을 대고 겉모습만이라도 침착해 보이도록 마음을 다독인 후, 나팔꽃 하나를 손에 쥐었다.

"시간이 없어."

그리고 오합지졸 쪽으로 다시 몸을 돌렸다.

"설득은 이제 하지 않을 거야. 보고 듣고 느끼라고."

아무 적당한 여자아이에게 나팔꽃 총구를 겨눴다.

3발 쐈다.

예상대로 씨가 발사되었다. 여자아이의 왼쪽 다리와 오른쪽 다리와 몸통을 관통했다. 〈방부 처리〉는 오늘도 기능을 제대로 발휘해 모든 총상에서 하얗고 복슬복슬한 것이 흘러나왔다. 그로 인해 출혈은 멈췄지만, 양다리를 맞고 똑바로 서 있을 수 있는 인간이 있을 리 없기에 여자아이는 그 자리에서 무릎을 꿇었다. 바닥의 이파리가 충격을 완화해 줬다.

그리고 뒤늦게 갓난아기처럼 엉엉 울기 시작했다.

그렇게 큰 목소리는 아니었다. 실제 총성은 영화보다 작다는 이야기가 있는데 그런 유형이다. 현실의 비명도 그 정도였다. 모에기는 거뜬히 그 목소리 사이에 끼어들 수 있었다.

"죽여. 연습이야. 모두 그 여자아이를 죽여."

〈그루터기〉들의 안색이 하나로 통일되었다.

모에기는 또 다른 여자아이에게 총구를 겨눴다.

"너, 이름은?"

"네, 아, 카바네입니다."

"그래. 카바네 님, 총 맞고 싶지 않으면 그 아이를 찔러."

그녀는 오른손에 댓잎을 쥐고 있었다. 모에기는 거기에 시선을 향했다.

"그걸로 하는 거야. 할당량은 한 사람당 두 번. 반드시 칼날의 중간 이상까지 찔러 넣을 것. 부위는, 뭐, 가급적 치명상을 입힐 수 있는 곳이 바람직하겠지."

"어…… 저기……."

"찌를 수 없으면 곤란하다고."

모에기는 짜증을 내며 말했다.

"잘 들어. 이건 토끼를 사냥하는 게임이 아니라, 토끼와 서로 죽이는 게임이야. 〈그루터기〉가 죽으면 살아남을 수 있는 숫자가 늘어나니까 저쪽도 우리 목숨을 노릴 거야. 그렇게 꾸물거리기만 해서는 토끼에게 무기를 빼앗기고 역으로 살해당할걸? 개인뿐 아니라 팀에게도 손해야. 주저 없이 칼을 휘둘러야 해."

그렇게 추가 설명을 해 줬지만, 카바네는 여전히 꾸물거렸다.

한 사람 더 손 봐 둘까.

그렇게 생각한 모에기는 나팔꽃을 탕탕탕 쐈다. 3발 모두 몸통을 꿰뚫었다. 실이 끊긴 듯 카바네는 쓰러졌다. 몇 명의 아가씨가 동시에 숨을 멈췄는지 바람이 부는 소리가 들렸다.

"본보기야."

모에기는 말했다.

"대여섯 명 정도라면 줄여도 된다고 생각해."

모에기는 세 종류의 무기가 걸려 있는 벽에 기댔다.

"30명의 풋내기보다, 25명의 벼락치기 쪽이 나으니까. 모두가 조금이라도 일찍 살인에 익숙해져야만 해. 그걸 위해서라면 소수의 희생도 어쩔 수 없다고 봐."

무릇 처음이 가장 힘들다.

왜냐하면 그것은 새로운 자신으로 변화하는 행위이기 때문이다. 하지 않는 인간에서 하는 인간으로 변신하는 행위이기 때문이다. 그저 단순히 일을 하는 것 이상의 부담감이 1회차에는 존재한다. 스마트폰 게임에서 초회 특전을 주는 개념이 존재하는 것도, 각종 캐시리스(cashless) 결제가 비상식적인 수준으로 할인을 해 주는 것도, 배달 앱에서 수천 엔의 쿠폰을 제공하는 것도 그 때문이다. 최초의 한 번만 넘기면 나머지는 편하다. 그리고 살인 행위도 그 법칙에서 예외는 아니다. 한 사람만 해보면 급격히 개선되는 것이다. 그래서 모에기가 해야 할 것은 분위기 조성이었다. 허들을 넘기 위한, 체면 따위 개의치 않는 토대 다지기였다.

사전에 사냥감을 약하게 만들어 놓고 나팔꽃을 들이대며 위협한다.

그리고 그럴싸한 말로 설득한다.

"너, 이름은?"

세 번째— 모에기는 나팔꽃을 또 다른 아가씨에게 겨눴다. 이번에는 비교적 냉정해 보이는 여자아이를 골랐다. 1초 정도 간격을 두고, 「……히카와입니다.」라는 대답이 들려왔다.

"두 사람 중, 어느 쪽도 좋으니 찔러."

역시나 그 자리에서 즉시 결정해 주지 않았다. 「어느 쪽이 좋아?」라고 모에기는 말을 덧붙였다.

"저기 갓난아기처럼 바닥을 구르며 울래? 아니면 살아남기 위해 무기를 들래?"

잘못된 이분법이었다.

극단적인 두 가지 선택지를 제시함으로써 나머지 선택지를 생각할 수 없도록 하는 화술이자 궤변이었다. 하지만 말해 봤다. 쓸 수 있는 수단은 다 써보기로 정했기 때문이다.

"3초 기다릴게. 1, 2—."

3은 없었다. 히카와는 댓잎을 거꾸로 고쳐 쥐고 카바네의 허벅지를 찔렀다.

비명 소리가 한층 더 올라갔다. 그것이 끝나기를 기다리고 「좋아.」하고 모에기는 말했다.

"그럼, 또 한 번."

이번에는 1초도 안 세어도 되었다. 첫 번째 찌른 부위에서 10센티미터 옆에 또 하나의 자상이 생겼다. 아까보다 작은 비명 소리가 새어 나왔다. 첫 번째가 가장 괴롭다는 이론을 보강하는 현상이었다.

"좋아. 그럼, 마음에 드는 여자아이에게 댓잎을 건네. 다음은 그 아이에게 시키자."

히카와는 그렇게 했다. 모에기는 다시 나팔꽃을 겨눴다.

"3초 기다린다."

지도는 순조롭게 진행됐다.

바람의 방향이 바뀌자, 나머지는 쉬웠다. 발생한 문제라면, 「3초 기다린다.」를 지나치게 반복해서 억양이 이상해졌다는 점과, 그만큼의 인원을 거쳤는데도 불구하고, 찔린 사람이 카바네뿐이었다는 점이다. 나머지 한쪽— 모에기가 처음 쏜 쪽이 한 번도 안 찔리는 사이에 결국 카바네는 죽어 버렸다. 전원이 전부, 앞 사람 따라 하기를 반복한 결과였다. 시체를 찌르는 것은 살인이라고 할 수 없기에 「살아 있는 쪽을 찔러.」라고 지시했으나, 아가씨들은 또다시 머뭇거렸다. 그래서 표적을 강제로 변경하는 데 또 한 사람을 죽여야 했다.

앞의 두 명을 합해서 총 세 명.

이만큼의 희생으로 〈그루터기〉의 지도는 끝났다.

적다면 적은 숫자였다. 애초에 여섯 명 정도 죽이는 것을 생각했고, 더 죽이는 것도 상정하고 있었다. 20명, 10명, 차라리 3명이나 2명이 되어도, 녀석들이 각오를 다질 때까지 계속 줄여갈 셈이었다. 그렇기에 세 명이라는 희생자 수는 운 좋게 풀린 결과이기에 모에기의 마음에도 이에 대한 기쁨이 조금이나마 존재했다.

그렇다고는 해도 세 명이었다.

26명을 살려됐다는 식으로는 볼 수 없었다. 세 명 죽였다. 그

것이 모에기의 인식이었다. 치명상을 준 것은 〈그루터기〉 아가
씨들이었지만, 그래도 이것은 모에기가 주범이었다. 어느 법정
에 가도 그런 판결이 나올 것이다. 세 명 죽였다. 그것도 게임
에 따라서가 아니라, 그저 팀을 교육한다는 목적만으로—. 가
슴이 아프다는 값싼 말로 끝날 일이 아니었다. 모에기는 타인
의 고통을 모르는 타입이 아니다. 소시민이다. 거스름돈을 많
이 받기만 해도 죄책감을 느끼는 소시민인 것이다. 멘토처럼
숨 쉬듯이는 할 수 없었다. 머리가 무거웠다. 지금 당장 구멍이
라도 내서 덜어내고 싶다는 심정마저 들었다.

그러나 어쨌든 이번에는 잘 진행되었다.

이 점에 대해서는 높이 평가해 주고 싶었다. 체면을 개의치
않는 강자— 그녀의 멘토라면 똑같이 했을 터였다. 그런 식으
로 행동할 수 있었던, 조금 전의 몇십 분 동안을 모에기는 평가
했다. 그것이 목표였기 때문이다. 마지막에는 24시간 내내 그
런 식으로 행동하는 것이, 목숨을 내놓고서라도 이루고 싶은
그녀의 비장한 소원이었다.

주저함이 없는 강자—.

체면을 개의치 않는 강한 인간—.

그렇게 되기 위해서는 죽어서도 되살아나 줄 테다.

(12/43)

〈그루터기〉의 정체는 점퍼스커트였다.

(13/43)

　게임이 시작되었다.

　타이머의 카운트가 제로로 바뀜과 동시에, 교도소의 문을
여는 것 같은, 굉장히 요란하게 자물쇠를 여는 소리가 들렸다.
토끼들은 사전에 협의한 대로 6인 1조로 거대한 미로를 향해
몰려 나갔다.

　토끼들은 게임 시작 전에 미리 미로 탐색을 마쳤지만, 그 조
사 결과와 다른 점이 몇 가지 발견됐다. 원래 있던 벽이 몇 군
데 사라진 것이다. 벽에 보호색으로 숨겨져 있던 〈문〉이 있었
는지, 아까 그 거대한 소리는 그것이 열리면서 났다는 사실, 게
임이 본격적으로 시작되었다는 사실을 토끼들은 깨달았다.

　문 너머에 있던 것은 역시 거대 미로였다. 두 명이 엇갈려
지나가기도 힘겨울 정도로 길의 폭은 좁았고 모퉁이도 많았기
때문에 시야는 좁았다. 어느 정도의 넓이인지 정확히 알 수 없
었으나 사전 조사로 문이 열리기 전의 미로는 축구 필드의 반
정도의 크기임을 알았기에 해방된 에리어와 합해서 딱 필드
하나만큼이 되는 게 아닐까, 하는 추측이 성립됐다. 미로로서
는 지나치다 싶을 정도로 충분히 넓지만, 일주일을 버티기에는
불충분하다는 점은 부정할 수 없어 적극적으로 〈그루터기〉를

제거한다는 방침이 더 정당화되었다.

또한 해방된 에리어 안에서는 먹을 것, 물, 목욕탕에 화장실 등, 각종 생활 설비를 갖춘 방도 보였다. 일주일 동안 연명하기에는 충분한 설비였다. 진짜 토끼처럼 자신의 똥을 먹지는 않아도 되겠다는 생각에, 토끼들은 남몰래 가슴을 쓸어내리며 미로를 나아가 〈그루터기〉의 모습을 탐색했다.

〈그루터기〉의 정체는 점퍼스커트였다.

〈그루터기〉라기에, 유우키는 장기 자랑에서의 나무 역할 같은 느낌일까, 짐작하고 있었으나 완전히 빗나갔다. 점퍼스커트였다. 검은색 블라우스에 갈색 점퍼스커트, 가슴의 리본은 초록색이라는 착장으로, 사전에 〈그루터기〉라는 단어를 제시받는다면, 뭐, 그렇게 보이지는 않는데, 싶은 차림새였다. 교복에서 곧잘 보이는 벨트로 상반신과 하반신을 구분한 타입인데, 옷을 입은 사람의 나이도 중학생 정도였기 때문에 코스프레라는 느낌은 그다지 없었다. 토끼 신세로서는 부러울 따름이었다.

〈그루터기〉와 토끼가 만났다.

그것은 즉, 진짜 게임 시작을 의미했다. 두 명의 토끼가 죽었다. 그 대가로 한 명의 〈그루터기〉를 붙잡는 데 성공했다.

(14/43)

"하, 아하하, 하앗…… 하아, 하앗."

그것은 웃음소리였다.

단, 도중에 툭툭 끊겼다. 계속 이런 식이었다. 충분한 양의 산소가 없다는 점도 있겠고, 적진에서 자지러지게 웃는 데 대한 심리적 저항도 있었을 것이다.

"하아, 아, 하앗, 앗."

심문당하고 있었다.

적을 붙잡으면 할 일은 그것밖에 없었다. 한 명의 〈그루터기〉를 30명 정도의 토끼가 에워싸고 있었다. 모두 하쿠시가 말하는 〈새 얼굴〉, 초심자 팀이었다. 전선에는 나갈 수 없으므로 후방에서의 일을 맡았다.

넓은 방이었다. 게임 시작 전 300명의 토끼가 집합한 그 방이었다. 현재는 같은 진영의 베이스캠프로 사용되고 있었다. 지금 있는 것은 붙잡힌 〈그루터기〉 한 명, 그를 둘러싸고 있는 초심자 팀의 토끼 30명 정도, 〈그루터기〉와는 싸우지 않는다는 방침을 선택한 신중파 토끼 40명 정도, 미로에서 돌아와 일시적으로 휴식을 취하는 중인 토끼 10명 정도로 합해서 80명이 넘었다.

그중에 유우키도 있었다.

초심자 팀이 진행하는 심문을 멀리서 지켜보고 있었다. 감시역이었다. 그녀들의 〈심문〉이 도를 넘지 않도록 감시하는 것이다. 유우키의 경험상, 초심자가 하는 심문이 서서히 폭력에 가까워지는 경우는 종종 있었다. 그 웃음에 조금이라도 그런

낌새가 확인되면 곧바로 저지할 생각이었으나, 지금 그녀들의 심문은 아직 귀여움을 띠고 있었다. 문제없었다.

"유치원 때 남자애들에게 곧잘 했죠."

유우키는 그렇게 말했다.

"지금 와서는 뭐가 재미있어서 했는지 생각이 안 나지만."

"애들 놀이니까."

옆에서 들리는 목소리에 유우키는 그쪽을 돌아봤다.

스미야카라는 플레이어였다.

이 게임의 단골이자 유우키의 지인이었다. 과거에 좀 놀았다는 분위기의 용모와 술과 담배로 쉴 만큼 쉰 목소리를 겸비했다. 실로 알기 쉬운 〈악인〉─. 플레이 횟수는 분명 지난번에 만났을 때 23회차였기에 유우키에게는 대선배에 해당됐다. 그녀는 유우키와 마찬가지로 신중파 토끼로서 이 큰 방에 남아 있었다.

"더 빠른 방법이 얼마든지 있을 텐데. 고생하네."

"폭력은 쓰지 말라는 명령이니까요."

유우키가 대답했다. 유우키도 스미야카도 뛰어난 능력자였다. 효과적인 심문 방법은 몇 가지 알고 있다. 더 재빠르고 더욱 통증을 동반하는 방법─. 그러나 그걸 하지 말라고 토끼 진영의 리더, 즉 하쿠시로부터 엄명을 받았다. 아무래도 인원수가 많은 게임에서는 좋은 방법이 아닌 모양이었다. 하다 보면 논리가 깨지고 결국 집단을 붕괴시켜 버리기 때문이란다.

"게다가 저것도 우습게 볼 수 없어요. 스미야카님, 저렇게 많은 사람들한테 간지럽힘을 당한 적 없죠?"

"그야 없지만……."

그렇게 말한 스미야카는 곁눈으로 유우키를 봤다.

다음 순간 유우키의 시야에서 그녀가 사라졌다. 자연스러운 동작이었다. 너무도 자연스러웠기에 반응할 수 없었다.

그다음 순간, 양쪽 옆구리를 더듬는 손길이 느껴졌다.

"으앗—!"

유우키는 그야말로 토끼처럼 튀어 올랐다.

"잠깐만요, 스미야카 님."

"하하, 역시 우습게 볼 수 없네."

한 번으로 끝나지 않았다. 스미야카는 옆구리에서 손을 떼기는커녕, 다섯 손가락으로 붙잡고 말랑말랑 주무르기 시작하며 「틀림없겠지.」라고 그대로 대화를 이어갔다.

"뭐가 됐든 95회 님의 의견이야. 들어서 손해 볼 일은 없겠지."

그에 유우키는 몸을 비틀면서도 「대단하시죠…….」라고 겨우 답했다. 그런 상태의 말이긴 했으나, 충분할 만큼의 경외심이 담겨 있었다.

96회차 게임. 즉, 95연승—.

유우키가 만난 이 중에서는 단연코 1등인 무패 기록이었다. 게임 생환율은 평균 7할. 그것이 그것이 95회라면— 유우키에게는 다소 어려운 계산이었으나 그 기록의 위대함은 왠지 알 수 있었다. 명백한 초인이다. 6, 7회라든지 23회라는 기록이 그에 비하면 마치 피라미처럼 여겨지지만, 그래도 유우키나 스미야카도 충분히 상급자의 범주에는 들어가는 것이다. 특히 스미야카는 다섯 손가락에 드는 톱 플레이어였다. 그런 그녀들이 봐도 하루시는 격이 달랐다. 일류의 인간이 본 천상계의 인간 —. 그것이 그녀의 지위였다.

"대단하시다고 운운할 수준이 아냐. 95연승이 얼마만큼의 확률인지 알아?"

"네……?"

유우키는 잠시 생각하고 답했다.

"잘 모르지만, 1천분의 1 정도 아닐까요?"

"완전히 틀렸어. 정답은 5백조분의 1이야."

과연 눈이 번쩍 뜨였다.

"거짓말이죠."

"정말이야. 돌아가면 계산해 봐. 지구상에 어깨를 나란히 할 사람이 없어. 나란히 하기는커녕 인류 역사상 전무후무한 대천재라고. 레벨이 달라. 우리는 30까지 갈 수 있을까 말까로 애가 타는데."

30이라는 숫자가 유우키의 귀에 남았다. 이전에 만났을 때는 23회차 클리어였을 텐데 30을 의식하는 플레이 횟수에 도달했다는 것인가.

이번에 몇 회차인가요, 라고 유우키는 물어보려 했으나, 그보다 먼저 양쪽 옆구리의 자극이 강해졌다.

"그나저나 결과는 어때?"

"아직…… 그다지……."

유우키는 고개를 저었다.

"알아낸 것은, 음, 이름뿐이에요."

"이름이 뭔데?"

"그, 저 아이 이름이 쿠시에다라는 것과 리더의 이름…… 저기, 슬슬 이 손 좀 떼 주시겠어요?"

유우키는 옆구리에 들러붙어 있는 스미야카의 손등을 두드렸다. 「어쩔 수 없지.」라는 목소리가 들리고, 유우키는 몸도 함께 떨어져 줄 것으로 기대했으나, 손이 앞으로 왔을 뿐이었다. 즉, 뒤에서 안긴 꼴이 되었다.

"제발 좀……."

"좀 어때. 안게 해 줘. 29회차라서 불안하다고."

어쩐지 29회차 같더라니. 「〈30의 벽〉이라는 건가요.」라고 유우키가 말했다.

"징크스 아닌가요, 그런 건."

─〈30의 벽〉.

결혼 적령기에 관한 이야기가 아니다. 플레이 횟수에 관한 이야기다. 30회차 부근의 게임에서 플레이어의 생환율이 급격히 떨어진다는, 이 업계에서는 수도 없이 떠도는 오컬트 중 하나였다. 통상적으로 플레이어의 생환율은 1회차가 가장 낮고,

게임을 통과하면 통과할수록 경험치가 쌓여 살아남기 쉬워진다. 그러나 30회차 부근만은 그 법칙에서 예외였다.

"징크스가 아니야. 그렇다면 왜 30회차 이상의 플레이어가 거의 없는 거야? 아주 진짜 중의 진짜인 현실이라고, 이건. 〈30의 벽은〉 실제로 존재해."

"운영진이 뭔가 조작하는 걸까요? 30회차에 진출하는 게 거슬린다든지."

"그럴 리 없어. 스타 선수가 나와 주는 쪽이 그쪽에도 좋을 걸. 뭔가 있어, 절대로. 나 같은 단순한 베테랑과, 95회 님 같은 톱 플레이어를 나누는 무언가가."

"무언가가 뭔데요?"

"그걸 알면 불안해질 리가 없잖아."

그렇게 대화가 끝났다. 「원래 무슨 이야기를 했더라……」라고 유우키가 말했다.

"심문에 대해서였지. 이름만 캐냈다나 뭐라나."

"아아, 그랬어요. 〈그루터기〉 리더의 이름. 모에기 님이라는 분 같습니다. 어쩐지 그녀에게 강한 공포를 느끼고 있는 듯, 그 〈그루터기〉에 대해서는 그 이상 말해 주지 않았어요. 이대로 심문을 계속해도 쓸 만한 것을 실토해 줄 것 같지는 않아요."

"공포."

"공포 정치죠."

유우키는 뒤쪽으로 체중을 맡겼다.

"저쪽의 리더는 이쪽과는 방침이 다른 듯해요."

그 〈그루터기〉— 모에기는 초심자다.

〈그루터기〉들과 접촉한 토끼들의 보고에 따르면 함께 있던 두 명도 초심자 티가 났다고 했다. 소대 전원을 초심자로 구성하는 것은 부자연스러웠기에, 아마도 〈그루터기〉 진영의 태반, 또는 전부가 초심자일 거라고 유우키는 추측했다. 적은 수의 경험자, 또는 숨겨진 재능을 발휘한 〈모에기 님〉이라는 녀석이 폭군이 되어 공포심을 자아낼 어떤 수단을 통해 팀을 단기간에 장악했다. 그런 이야기다.

"같은 처지였다면 저도 그렇게 했을 거예요. 풋내기들을 당장 움직이려면 그것밖에는 없어요."

"그 말은, 뭐지? 하쿠시의 이론대로라면 이쪽이 집단으로서는 우위라는 뜻인가."

"그렇게 되죠. 이론적으로는."

그 점에 대해서는 동의하면서도 말을 이었다.

"그렇다고 해도, 안심할 수는 없지만……. 집단으로서 우위라도 게임적으로는 우위라고 단정 지을 수 없고요. 이쪽이 아직 모르는 무기를, 저쪽이 몰래 가졌는지도 모르고 말이에요."

"지금은 두 종류를 쓰고 있었지?"

"네. 댓잎처럼 생긴 나이프와 나팔꽃처럼 생긴 피스톨. 나팔꽃 쪽은 유감스럽게도 확보하지 못했다지만."

"하나쯤 더 있어도 이상하지 않아."

"그런데 일반적으로 나이프보다는 피스톨이 위인가요? 접근전에서는 어쩌고, 풋내기가 총을 가지고 다녀도 어쩌고라고들 말하던데."

"몰라, 프로도 아니고."

"스미야카 님의 의견은요?"

"일장일단이겠지. 〈방부 처리〉가 있으니까, 나이프가 살짝 우위가 아닐까? 급소를 적중시키기 쉽잖아, 역시."

스미야카는 그렇게 말하며 붕붕 손을 휘둘렀다. 손의 모양으로 추정했을 때 나이프를 사용한 살인 흉내인 것 같았다.

"또, 그렇지. 피스톨이라면, 풋내기든 여자든 다룰 수 있는 물건일걸."

"어떻게 알죠?"

"이 게임의 무기란 건 기본적으로 다 같거든. 다른 것은 겉모양뿐. 여덟 발 장전으로 재장전은 불가능. 우리 손에도 쏙 들어오는 여성용 사이즈야."

"여성용 사이즈라기에는 너무 투박한데요……."

유우키는 그렇게 말하며 생각했다. 재장전 불가능— 즉, 여덟 발 다 쏘고 나면 그냥 나팔꽃일 뿐이다. 〈그루터기〉와 맞붙을 타이밍에 상당히 중요한 정보였다. 〈나이프가 살짝 우위〉라는 스미야카의 발언도 그 스펙을 고려한 것이리라.

이번 총은 열두 발 장전이었습니다, 라는 경우도 있을 수 있고, 총알이 떨어진 척해 놓고 사실은 두 자루 갖고 있었다는 식의 덫을 놓을 가능성도 있으나, 그래도 머릿속에 집어넣어 두면 손해는 안 볼 정보였다.

"……."

아니, 그렇지도 않으려나…….

지금 유우키가 나설 상황은 없을 것 같으니까. 목숨을 건 게임에서 이렇게 한가롭게 시간을 보낼 수 있는 것은 유우키보다도 경험이 풍부한 플레이어가 다수 있기 때문이다. 그녀들이 〈그루터기〉와 싸우고, 전황을 유리하게 진행해 주고 있기 때문이다. 유우키는 그저 여기서 유령처럼 멍하니 서 있기만 하면 된다. 적진의 무기 정보 같은 건 몰라도 괜찮다.

"어라?"

그때, 스미야카의 목소리가 들렸다.

"녀석, 어디로 갔지?"

스미야카가 체중을 앞으로 실었다. 의외로 큰 가슴이 유우키의 등에 닿았다.

"녀석?"

"캐러멜 같은 색의, 긴 머리 여자애. 초심자 팀에 있었을 텐데."

스미야카는 초심자 팀을 바라봤다. 〈그루터기〉를 에워싸고 있는 상태이기에 팀의 절반은 유우키에게 등을 보이고 있으나, 그래도 머리카락만을 확인하는 것은 그렇게 어렵지 않았다.

갈색 머리 여자아이를 발견하고 「저 아이 아닌가요?」라고 유우키는 손가락으로 가리켰다.

"바보야. 저건 갈색 머리잖아. 내가 말하는 건 캐러멜색이
라고."

"뭔가요, 캐러멜색이란 건."

"더 농도가 옅은, 부드러운 색이야."

그 말만으로는 좀처럼 이미지가 잡히지 않았지만, 그래도
어쨌든 해당하는 인물은 그 안에 없었다.

"잘못 본 것 아닌가요? 언제 보셨죠? 아까까지 있었나요?"

"처음 집합했을 때. 뭉쳐 있던 애들 중에 있었을 텐데."

"경험자 중 한 명 아닐까요? 그때는 특별히 초심자만 모이라
는 규칙은 없었잖아요?"

"으음……."

스미야카는 신음했다.

"분명히 있었는데."

되게 집착하네. 유우키는 그렇게 생각했다. 잘못 본 걸로 충
분히 정리할 수 있는 범위이고, 설령 그렇지 않다고 해도 뭐가
문제인 건지 유우키는 알 수 없었다.

이윽고 스미야카가 말했다.

"유우키. 잠깐 녀석들한테ㅡ"

하지만 그 말을 끝맺지 못했다.

큰 목소리가 난입했기 때문이다.

"전원!"

명사뿐이었다.

「이쪽을 봐!」도 「들어!」도 아니었다. 그러나 어쨌든 잘 들리는 목소리였기에 방에 있던 전원이 그쪽을 향했다.

큰 방의 출입구였다.

이 방에 문짝은 없었다. 실내와 바깥은 문 하나 크기의 공백으로 직접 이어져 있었다. 그 사이의 통행을 통제하듯 막고 서 있던 인물은, 다름 아닌 토끼 진영의 리더인 하쿠시였다.

95회의 게임에서 생환한, 초인―.

겉보기에는 상처 하나 없었다. 또한 그 오른손에는 아까 화제에 오른 나팔꽃이 쥐어져 있었다. 그것은 즉, 나팔꽃을 소지한 〈그루터기〉와 접촉했음에도 다치지 않고 격파해 무기를 빼앗았음을 의미했다. 그러면서도 그 성과와는 모순되게 그녀는 숨이 끊어질 듯, 초조함으로 가득한 표정이었다.

"전원 일어서!"

그 표정 그대로 하쿠시는 말을 이었다.

"도망쳐! 작전은 전부 중지다! 토끼에―."

모에기는 궁지에 몰렸다.

힘의 차이는 확연했다.

(17/43)

어떻게 편성을 짜야 할지 모르겠다.

모에기에게 종군 경험은 없었고, 그 방면의 마니아도 아니기 때문이다. 그래서 나름대로 고민한 결과, 3인 1조로 팀 편성을 결정했다. 너무 많아도, 너무 적어도 안 될 것 같았기 때문이다. 너무 적으면 인원수로 제압당할 위험이 있고, 너무 많으면 한 사람 한 사람이 주체성을 상실해 전력이 반감된다. 세 명 정도가 딱 좋은 안배일 것으로 판단했다.

정답인가 오답인가, 그것도 알 수 없다.

하지만 사실상 게임은 시종일관 〈그루터기〉 진영에 불리하게 진행됐다. 토끼 진영이 적극적으로 공격해 올 것이라는 모에기의 예상은 정확히 들어맞았다. 게임 시작 후 불과 30분 만에, 맨 먼저 돌아온 소대로부터 쿠시에다가 납치되었다는 보고가 있었고 그 이후로는 계속 데굴데굴 굴러다니는 모양이었다. 게임이 시작한 지 6시간도 지나지 않았는데 〈그루터기〉가 가진 총의 수는 반 이하로 줄어 있었다. 그에 비해 죽인 토끼의 수는 그와 같거나 적은 상황이고, 인원수가 비슷하게 줄어든 셈이니 이대로 가면 어느 쪽이 먼저 전멸할지는 고블린도 풀 수 있는 수준의 산수였다.

다행인 것은 〈그루터기〉가 모두 제대로 싸워 줬다는 점이다. 한 명도 죽이지 못하는 최악의 상황은 피할 수 있었다. 모에기의 〈지도〉가 어느 정도 성공한 셈이니, 그 부분은 분발했다고 할 수 있겠지만, 그래도 이 게임에 노력상은 없었다.

한시라도 빨리 손을 쓰지 않으면, 죽는다.

토끼들에게 패배한다는 의미로도 그렇고, 여기까지 와 보니 아군이 더 두려웠다. 무능한 리더가 계속 군림할 수 있을 정도로 만만한 세상이 아니기 때문이다. 온갖 공포 정치가 오래 지속되지 못했다는 사실을 비춰 볼 때, 모에기의 신변은 무척이나 위태로웠다.

어떻게 하지?

어떻게 하면 좋을까?

모에기가 있는 곳은 〈그루터기〉 진영의 본거지였다. 모두가 가장 먼저 눈을 뜬, 교실 하나 크기의 방이었다. 3종의 무기가 걸려 있던, 지금은 하나도 걸려 있지 않은 벽에 기대어, 모에기는 생각에 잠겼다.

강자라면 이럴 때 어떻게 하는 걸까.

형편 안 따지는 강자라면, 멘토라면, 대체 어떻게 할까. 모에기는 짐작도 할 수 없었다. 아니. 짐작은 갔다. 애당초 이런 상황이 되지 않는 게 답이다. 더 강력하게 팀을 통솔해서, 지금쯤 토끼들을 전멸시켰을 것이다. 그것이 답이다. 아무리 스승님이라도 이런 상황이 되면 반격은 이제 불가능하다. 이미 때를 놓친 것이다. 불리해진 시점에서 더는 강자도 아니다. 나폴레옹도, 로마도 질 때는 비교적 쉽게 졌다. 끝이다. 나의 패배는 이미 결정된 것이다.

그런 사고가 머리를 맴돌았다.

어쩔 수 없는 현실이 찾아올 것을 기다리는 시간—.

인생에서 처음이었다. 마음속 깊이 무서웠다. 계단을 오르는 사형수. 파산 직전의 경영자. 경력 향상을 바랄 수 없는 노동자. 사면초가의 사령관이 자살하는 장면을 영화인가 어딘가에서 본 적이 있는데, 왜 끝까지 싸우지 않을까 소박하게 궁금했으나 이제 이해됐다. 이런 것이었던 거다. 죽음을 기다리는 시간은 죽음 그 자체보다도 두려운 것이다. 그것을 예기한 순간에 진짜 공포심이 생기는 것이다.

"저기⋯⋯."

나팔꽃을 쥔 오른손이 떨려 왔다. 〈지도〉 때 사용한 그 나팔꽃이었다. 처음 한 명에게 3발, 두 번째에 3발, 세 번째에 1발을 쐈으므로, 아직 1발이 남아 있다.

입 밖으로 꺼내기도 두려운 생각이 머릿속에 떠올랐다. 실제로 어떨까. 통증도 없이 저세상에 갈 수 있을까. 〈방부 처리〉가 있고, 구경이 작으므로 상당히 고통스러울지도 모른다. 하지만 과정이 어떻든 결과는 틀림없을 것이다. 게다가 가령 아프다고 해도 그건 그것대로 그러려니 싶기도 했다.

모에기는 그 오른손을 천천히 들어 올렸다. 그 순간—.

"저기요!"

찬물을 엎어 쓴 것 같았다.

헉—. 모에기는 어느새 처져 있던 고개를 치켜들었다.

〈그루터기〉가 있었다.

아이리라는 여자아이였다. 그 이름과 어울리는 어여쁜 남색#8 눈동자를 지닌 여자아이였다. 모에기의 〈지도〉에 신속하게 적응한 인물 중 하나로, 이미 4명의 토끼를 살해하는 데 성공했다.

손에는 댓잎이 쥐어져 있었다.

심장이 뛰었다. 설마, 하는 생각이 들었다. 그와 동시에 몸이 움직이지 않게 되었다. 들어 올리던 오른팔도 이상한 위치에서 정지했다. 못에 박힌 듯했다. 눈앞의 여자를 마음대로 삶든지 굽든지 할 수 있는 처지임을 아는지 모르는지 아이리는 그 입술을 움직여 말을 이었다.

"보고할 게, 있습니다만."

대답하는 데 3초 걸렸다.

공중에 떠 있던 영혼을 붙잡는 데 걸린 시간이었다.

"……어?"

"그…… 묘한 것을 발견해서요."

몸에 힘이 돌아왔다. 오른팔이 다시 움직이기 시작하더니

#8 남색 아이리의 '아이'는 남색의 '남(藍)'과 같은 한자다.

모에기의 가슴에 쿵 닿았다.

"……아아, 그래…… 그렇구나."

"괜찮으신가요? 무리해서 들어 주실 정도는 아닙니다만."

"아니, 괜찮아. 뭔데?"

"옷이 벗겨진 시체가 있었어요."

아이리가 말했다.

"〈그루터기〉였습니다. 곁에는 바니걸 의상이 떨어져 있고, 즉……."

"변장했다는 건가."

모에기가 먼저 말했다. 그것을 금지하는 규칙은 없었다.

그렇다고 해서 진영이 바뀌는 것도 아니고, 클리어 조건도 그대로이지만, 그래도 갈아입는 것뿐이라면 그것은 본인의 자유였다. 민망한 바니걸 의상에서 비교적 나은 점퍼스커트로 갈아입을 수 있다는 정신적인 효용은 물론, 더 전술적인 의미가 그 행위에는 내포되어 있었다.

적인지 아군인지를 속일 수 있는 것이다.

"원래 이쪽은 30명밖에 없었으니, 옷을 갈아입는 정도로는 못 알아보지는 않겠지만……. 일단 보고해야 할 것 같아서."

"고마워. 도움이 됐어."

"그리고, 시체에도 묘한 부분이 있었는데……."

아이리는 입가에 손을 갖다 댔다.

"그, 심하게 훼손되어 있었어요. 죽은 뒤에도 여러 가지를 한 것 같은데."

"훼손?"

모에기가 되물었다.

"구체적으로 어떤 식이지?"

"듣기 편한 이야기는 아닌데……."

"들려줘."

아이리는 「배가 갈라져 있었어요.」라고 말함과 동시에 안색이 나빠졌다.

"장기고 뭐고, 전부 꺼내져 있었어요. 저쪽 진영에 쾌락살인마라도 섞여 있는 걸까요? 〈방부 처리〉가 있다고는 해도, 도저히 인간의 소행으로는 보이지 않았습니다."

(18/43)

몸이 싸늘해졌다.

아이리의 보고가 두려웠기 때문이 아니었다. 아니, 공포감을 느끼기는 했다. 하지만, 그것은 평소와는 다른 것에 대한 공포였다.

차가워진 입술로 「뭐라고?」라고 모에기가 물었다.

"갈라져 있었다니, 그, 그건가. 생선 배를 갈라서 펼친 것 같은……."

"……무리하게 예를 들자면, 그런 식이에요."

"거기다, 옷이 벗겨져 있었다고?"

"네."

모에기는 자기 옷으로 시선을 떨구었다.

그루터기의 이미지를 본뜬 갈색 점퍼스커트. 바니걸 의상에 비해 헐렁한 복장—.

생각을 떠올려 본다.

몸에 딱 붙는 타입의 옷을 싫어한다고, **그 사람**은 말했다.

있을 수 있다. 원했을 가능성이, 있을 수 있다.

"살해당한 건 누구지?"

"이름까지는 좀……."

"그럼, 그 여자아이의 키는?"

"네?"

"170센티미터 정도 아냐?"

아이리는 의아한 표정을 지었다.

"왜 그런 걸……."

"됐고, 어서 말해."

"……키가 큰 편, 이었던 것 같아요. 170센티미터인지 어떤지까지는 모르겠지만."

결정적이었다. 모에기는 벽에 등을 기댔다.

—온 건가? 그 사람도 이 게임에?

그렇다면 **그런 식으로** 한 명을 죽였다는 건, 이미—.

"아이리 님."

"네."

"지금 당장 도망쳐."

아이리는 깜짝 놀라 눈을 동그랗게 떴다. 그 예쁜 남색 눈동자가 전부 보였다.

"……아니, 아니야…… 그러면 클리어가……. 하지만…… 그런가, 이대로는 우리 몫까지…….."

"저기, 무슨 뜻이죠?"

아이리가 물어 왔다.

"토끼 한 명이 〈그루터기〉로 바뀌었다. 그 이상의 무언가가 있는 건가요?"

"미안해, 아이리 님. 나는 이제 어떻게 해야 좋을지……."

"그러니까, 무슨 일이 일어난 거냐고요?"

"됐으니까 도망치라고!!"

부자연스러울 정도로 큰 목소리였다. 그 반동으로 모에기는 힘이 빠져 그 자리에 주저앉았으나 그래도 쉰 목소리로 한 번 더 외쳤다.

"그 사람의 살인은 바닷물을 마시는 것과 똑같단 말이야! 한 번 시작하면 멈추지 않아! 토끼도 〈그루터기〉도 상관없어! 이대로는 그 사람 이외에는 아무도 남지 않는다고!"

그러나 아이리는 그 말이 잘 이해되지 않는 듯했다.

모에기는 알아듣기 쉽게 말을 바꿨다.

"그러니까—!"

"토끼 진영에 살인마가 섞여 있어! 침향색 머리를 한 여자다!"

하쿠시가 그렇게 말한 직후였다.

어떤 물체 두 개가 그녀의 머리 위를 넘어 날아왔다.

둘 다 주먹 크기로 솔방울 모양을 하고 있었다. 유우키의 동체 시력으로 아무리 집중해서 봐도 솔방울 그 자체였는데, 나팔꽃과 댓잎의 전례가 있으므로 그것이 그냥 장식품이라고는 도저히 생각할 수 없었다. 방에 있던 초심자 팀을 포함한 전원이 유우키와 같은 의견이었을 것이다.

전원이 엎드렸다.

폭발을 예견한 것이다.

반은 적중했다. 폭발은 분명히 일어났다. 하지만 폭발은 폭발이되 목숨이 위태로운 것은 아니었고, 흩뿌려진 것은 열풍도, 솔방울의 파편도 아닌 회백색의 재였다. 원래 부피로는 상상도 못 할 정도의 그것은 넓게, 잘도 퍼졌다. 두 개 분량이 뿌려지더니 300인 규모의 공간을 눈 깜짝할 사이에 가득 메웠다.

시야가 가려졌다.

그 대신 청각이 민감해진다.

윽— 하는 소리가 들려왔다. 여자로서는 굵은 목소리였다. 유우키는 단말마의 신음이라고 직감했다. 배를 찔렸든지 해서 원하지 않는 형태로 성대가 떨린 것이다.

몇 가지 생각이 떠올랐다.

찌른 것은 누구인가. 찔린 것은 누구인가. 설마 하쿠시의 목소리인가. 살인마인가 뭔가에게 당한 건가. 말도 안 돼. 5백조분의 1의 초인이 이렇게 쉽게 당할까. 아니, 대체 이 상황은 어떻게 된 영문이지. 솔방울을 던진 것은 하쿠시가 말한 〈살인마〉일 텐데, 그렇다면 그것은 그녀가 그 녀석에게 미행당하고 있었음을 의미했다. 말도 안 돼. 95회 님이 그런 실수를 저지를 리가 없잖아. 아니, 그래도 그 이외에는 납득될 만한 설명이…….

그 순간 유우키는 자신의 양쪽 뺨을 두드렸다.

아니야. 그리고 마음속으로 그렇게 외쳤다. 쓸데없는 생각을 했다. 몇 초나 손해를 봤다. 게임 경험치 부족이 대놓고 티 난 꼴이었다. 지금은 지금 생각해야 할 것을 생각해야 한다. 오직 지금 생각해야 하는 것. 가장 생각해야 하는 것. 그게 뭐지?

—나의 생존이다.

과연 그렇다. 그렇다면 그걸 위해서는? —여기서 도망치는 거다. 좋아. 하쿠시의 지시에 따르는 것이 여기서는 현명하다. 그렇다면 왜 너는 그렇게 안 한 것인가? —연막이 있으므로. 그렇다. 그렇다고는 해도 방의 출구가 어느 쪽에 있는지는 기억하는데, 문제는 거기에 〈살인마〉가 매복하고 있는 게 아닐

까, 하는 점이다. 즉 네가 기다려야 하는 것은? ―소리다. 명답
이다. 연막을 펼친 것은 사냥을 하기 위해서. 이대로 기다리면 〈
살인마〉라는 작자는 또 누군가를 죽일 터. 그 누군가는 분명 단
말마의 비명을 지를 것이다. 그걸로 안전 확인을 하는 것이다.

그 가련한 피해자가 유우키 자신이 될 수도 있다는 불행도
있을 수 있지만, 금방 떠올린 생각 중에서는 그것이 최고의 생
존 전략인 것처럼 여겨졌다.

미동도 하지 않고 때를 기다렸다.

수술대에 오른 듯한 기분이 한동안 이어지고…….

"어윽―."

물개 울음소리처럼 멍청한 단말마의 신음이 들려왔다.

출구와는 다른 방향이었기에 유우키는 전력 질주했다.

(21/43)

모에기는 거대 미로에 들어섰다.

토끼를 죽이기 위해서였다.

(22/43)

미로 속은 마치 지옥도를 방불케 했다.

모퉁이를 돌 때마다 새로운 시체와 맞닥뜨렸다. 나팔꽃으로

안면에 구멍이 난 토끼. 서로 껴안은 자세로 쓰러져 있는 두 명의 〈그루터기〉. 죽기 전까지 기어간 것인지 하얀 폭신폭신한 것을 통로에 주욱 늘어뜨리고 죽어 있는 토끼. 모두 그 사람이 죽인 것이리라. 몸속의 내용물이 전부 꺼내어진 〈그루터기〉도 있었다.

거대 미로의 길 폭은 좁다. 시체가 있으면, 그것을 뛰어넘고 가야 한다. 모에기는 사람의 위를 뛰어넘는다는 행위가 망설여졌다. 키가 안 큰다는 미신이 있었기 때문이다. 상대가 시체라고는 해도 그런 망설임에는 변함이 없었고, 그런 하찮은 일로 죄책감을 품는 자신이 정말이지 혐오스러웠다.

죄책감은 약자나 품는 법이다.

그런 것에 사로잡혀서는 안 된다.

모에기는 거대 미로를 나아갔다. 토끼를 죽이기 위해서다. 이 게임의 클리어 조건. 그것이 긴급한 과제였다. 제한 시간까지는 아직 6일 이상의 여유가 있었으나, 이대로는 죽일 수 있는 토끼가 애초에 사라지고 말 것이다.

모에기의 멘토인 살인마, 캬라(伽羅)가 움직이기 시작했기 때문이다.

침향색[9], 즉 캐러멜색 머리를 한 그 사람의 손에 걸리면, 토

#9 침향색 원어 표기는 가라색(伽羅色). 일본어로 '캬라이로'라고 읽으며, 누런 빛을 띤 갈색을 뜻한다. 색의 이름이 인물의 이름인 캬라와 발음과 한자가 같다.

끼 300명쯤은 일도 아닐 것이다. 가까운 시일 내에 토끼 진영은 전멸하리라. 〈그루터기〉 진영도 마찬가지다. 클리어 조건을 채울 수 없다는 의미로도 그렇고, 일부러 게임 오버를 기다리지 않아도 토끼들과 다 같이 그녀의 손에 살해될 것이다.

전멸이다. 아무도 안 남는다.

캬라의 제자인 모에기조차도 안전하다고는 할 수 없었다. 자신의 멘토가 얼마나 **예측불허**인지는 지나칠 정도로 잘 알고 있었다. 기세에 휩쓸려 살해될 가능성도 충분히 고려할 수 있었고, 그게 아니라도 모에기가 〈그루터기〉 진영에 있다는 사실을 그 사람은 모르기에, 모에기가 살아남을 수 있을 만큼의 할당량인 토끼 5명을 남겨 두자고 생각할 리도 없었다.

변칙적이지만, 〈안 하면 당하는〉 상황이었다.

한시라도 빨리 다섯 명을 죽여야 한다.

그러나 조급한 심정과는 달리 모에기의 살해 건수는 아직도 제로였다. 가도, 가도, 또 가도, 만나는 것은 시체뿐이었다. 쓰러져 있는 토끼를 일으켜 정말로 시체인지 확인하거나, 시체의 온도로 몇 시간이 지났는지를 추측하거나, 이를 근거로 나아가야 할 방향을 선택하기도 했지만, 보람은 없었다.

혹시, 이미, 다 죽은 건가—.

그런 생각이 무시할 수 없는 크기까지 부풀어 올랐을 즈음, 모에기는 겨우 생존자와 만났다.

토끼는 아니었다.

"앗……!"

이렇게 서로 소리를 질렀다.

〈그루터기〉였다. 히카와라는 이름이었던 것으로 기억한다. 모에기의 〈지도〉 내용을 가장 먼저 실행했던 여자아이였다.

히카와는 「모에기 님.」이라고 안심한 듯 입을 열었다.

"다행이다. 살아 계셨군요."

"……."

모에기는 잠시 침묵했다가 「응.」이라고 말했다.

"저기, 벌써 알고 계시나요. 토끼 중에 시리얼 킬러가 있다는 문제로 게임을 진행할 상황이 아니라서……. 우리가 죽일 분량까지도 없어지지 않는다고 할 수도 없어서……."

문법이 이상했다. 하지만 하고 싶은 말은 전해졌다. 모에기는 「응.」 하고 답했다.

"혼자서 불안했어요. 만나서 다행입니다. 엄청난 상황이 되어 버렸지만, 어떻게든 둘이 함께 살아남기로 해요."

열정 어린 말이었다. 「응.」 하고 모에기는 답했다.

"저기…… 그래서, 낯 두꺼운 부탁이지만, 말해도 될까요?"

"뭔데?"

"저, 지금, 무기를 안 갖고 있어요."

히카와는 점퍼스커트의 주머니에 찔러둔 나팔꽃을 꺼냈다. 두세 번 방아쇠를 당겼지만, 무반응이었다.

"총알이 다 떨어져 버려서. 혹시 여유분을 갖고 계신다면, 나뉘 주시면 좋겠는데요……."

"응."

모에기는 대답하며 뒤에 숨기고 있던 나팔꽃을 앞으로 내밀었다.

"한 발이면 될까."

(23/43)

히카와의 시체를 뒤진 결과, 댓잎과 솔방울을 하나씩 발견했다.

무기가 없다니, 완전히 거짓말이었다. 조금이라도 많은 장비를 모에기로부터 가로채려는 속내, 아니, 그보다, 방심한 틈에 뒤에서 푹 찌를 작정이었는지도 모른다. 히카와가 소지한 나팔꽃의 총알이 다 떨어지지만 않았다면 살해당한 것은 모에기 쪽이었을 것이다.

처음부터 죽일 작정이었다.

토끼든 〈그루터기〉든, 마주친 시점에서 죽이기로, 모에기는 처음부터 정해 뒀다. 〈그루터기〉끼리의 살인은 클리어에 도움이 되지 않지만, 그래도 어쨌든 토끼가 부족했다. 사태가 이 지경에 이른 이상, 〈그루터기〉끼리도 작은 파이를 두고 서로 다투는 라이벌이었다.

현재 모에기가 가지고 다니는 나팔꽃은 세 자루였다.

댓잎은 두 개다

솔방울은 세 개다.

전부 〈그루터기〉로부터 빼앗았다. 토끼는 아직 제로이지만, 살해한 〈그루터기〉의 숫자는 이미 5명을 초과했다. 토끼를 빼앗기지 않도록, 가능한 한 많은 장비를 손에 넣기 위해서, 모에기는 아군 죽이기를 감행하고 있었다.

체면이고 뭐고 신경 안 쓰는 강자라면, 그렇게 할 것 같았기 때문이다.

체면이고 뭐고 신경 안 쓰는 강자가 되기 위해 그렇게 해야만 한다.

그나저나 세간에는 진짜로 강한 힘이란 강한 완력이 아니라 강한 마음에 있다는 웃기는 말이 활개 치는 모양인데, 그딴 것은 개똥같고 개똥같은 헛소리일 뿐이라고 모에기는 생각했다. 자신에게 능력이 없는 것을 인정하지 못하는 불쌍한 중생들이 자신을 정당화하기 위해 만들어 낸 허상이다. 〈진짜 강한 힘〉. 그것은 다름 아닌 실행력이다. 자신의 욕구를, 그것이 향하는 대로 제멋대로 표현하는 힘이다. 체면이고 뭐고 신경 안 쓰는 태도다. 그를 위한 한 수단으로써 폭력은 허용되며, 반대로 불만을 토로하면서도 현재 상황에 아첨하는 〈강한 마음〉 같은 건 하등 쓸데없다. 윤리. 도덕. 준법 정신. 전부 침 뱉고 경멸을 표해 마땅하다. 실행력이야말로 새 시대의 윤리다. 그게 없는 자는 인간이 아니다. 그저 착하기만 한 아이는 전부 잃는다. 16

년의 인생에서 모에기가 가장 크게 배운 것이었다. 이 게임에
참가한 것도, 캬라의 제자가 된 것도 그 때문이다. 새로운 자신
으로 다시 태어나기 위해서다.

울기만 하는 자신은 이제 싫었다.

나약함이 없는 인간이—.

강한 인간이, 되는 것이다.

토끼와 마주쳤다.

(24/43)

유령 같은 분위기의 여자였다.

태어난 이래로 햇볕을 쬔 적이 없나 싶을 정도로 창백한 피
부와 주식으로 크게 손해 본 것처럼 생기가 없는 얼굴을 겸비
했다. 토끼 진영이기에 바니걸 의상을 입었으나, 온몸에 떠도
는 죽음의 기운 탓인지 놀라울 만큼 안 어울렸다.

모퉁이였다.

마침 서로 코너를 돌려고 하던 참이었다. 식빵을 문 여자아
이가 잘생긴 남자와 부딪히는, 모에기는 그런 시추에이션을 연
상했다. 식빵은 없었고, 부딪히지도 않았지만, 그 거리는 30센
티미터도 안 됐다.

초근접한 거리에서 두 사람 모두 굳어버렸다.

"......!"

민망해하며—.

앞으로 나설 수 없었다. 일단 후퇴했다. 거리를 벌리며 나팔
꽃의 총구를 유령 여자의 가슴에 겨눴다. 그러나 이쪽이 액션
을 취하면 상대방도 그럴 것은 지극히 당연한지라, 유령 여자
는 뒤로 물러나 모퉁이 속으로 사라졌다.

총성— 에 이어서 반동이 뒤따랐다. 무리한 자세로 쏜 게 화
가 되었다. 휘청거리다가 발을 헛디딘 모에기는 그 자리에서 엉
덩방아를 찧었다. 바닥의 이파리가 충격을 완화해 주었기에 아
프지는 않았으나 다시 일어서는 데는 얼마간의 시간이 걸렸다.

모에기는 유령 여자를 쫓아 모퉁이를 돌았다.

그러자 유령 여자는 더 앞쪽의 모퉁이를 돌려고 하던 참이
었다. 이미 반 정도 사라진 그 등에 대고 모에기는 나팔꽃을 쐈
다— 아니, 못 쐈다. 방아쇠를 당겼다는 의미로는 쐈으나 완전
히 빗나가 벽을 맞췄다. 무능력한 녀석이라고 악담을 퍼부으면
서 모에기는 계속해서 여자를 쫓았다.

또 모퉁이를 돈다.

나팔꽃을 겨눴다.

그러나 여자의 모습은 온데간데없었다.

썰렁한 정적—.

아무도 없는 통로. 그것만이 모에기에게 주어진 것이었다.

놓쳤다.

모에기는 나팔꽃을 쥔 손을 내리고 벽에 기댔다. 잠깐 달렸을 뿐인데 숨이 찼다. 심장도 요란하게 뛰었다. 모에기는 호흡에 의식을 집중하고 각종 기관의 흥분을 가라앉혔다.

그리고 귀를 기울였다.

바스락바스락, 하는 소리가 미미하게 들렸다.

유령 여자의 발소리였다. 바닥의 이파리를 밟는 소리였다. 이동하면 소리가 나는 것은 자연의 섭리다. 아까는 모에기 자신도 이동 중이었기에 발소리가 뒤섞여 유령 여자의 접근을 눈치채지 못했으나, 원래 이 게임은 가까이 있는 플레이어의 위치를 알 수 있도록 설계되어 있었다. 모에기는 쓸모없을 거라 생각하면서도 살금살금 그 발소리를 쫓아갔다.

세 번째인지 네 번째인지 모를 모퉁이를 돌았다.

십자로에 당도했고, 모에기는 소리가 난 직선 방향으로 뛰어갔다.

그리고—.

"……어……."

그곳에는—.

토끼 귀, 머리띠만 있었다.

그것은 일정한 리듬으로 움직이고 있었다. 씰룩씰룩, 그때마다 귀가 흔들렸다. 모에기가 발소리로 짐작했던 바스락거리는 소리도 거기서 나고 있었다.

머리띠가 의지를 갖고 움직이기 시작했다는 이야기는 물론 아니다. 두 개의 토끼 귀 사이, 머리띠 부분에 끈이 묶여 있었다. 토끼의 목에 달려 있던, 옷깃뿐인 상의에 나비 모양으로 매듭지어진 리본이었다.

리본의 끝은 복도 안으로 이어져 있었다. 널려 있는 시체에서 떼어 내 길게 묶어서 연결했는지, 일정한 간격으로 매듭이 보였다. 모퉁이를 따라 꺾여 있어서 그 끄트머리는 보이지 않았으나, 머리띠가 움직이고 있기에 누군가가 그것을 잡아 당기고 있다는 추측은 논리적이었다.

여러 가지를 말했으나, 요약하자면 두 글자의 개념—.

미끼였다.

그때, 모에기의 목에 강하게 조이는 힘이 작용했다.

뒤에서 목을 졸랐다. 보슬보슬한 감촉에 이것도 리본일 거라고 금세 추측할 수 있었다. 몇 가닥을 묶어서 밧줄로 만든 것이다. 모에기는 뒤쪽으로 비틀거렸으나, 누군가의 몸이 그녀를 받아 주었다. 누구인지는 생각할 것도 없었다.

모에기는 오른손에 쥔 나팔꽃을 귀 가까이에 갖다 댔다. 마치 전화를 거는 듯한 포즈로 들고 등 뒤의 유령 여자에게 한 발 쐈으나 실패했다. 오히려 총성에 귀가 당했다. 카페인 주사를 뇌에 맞은 것처럼 스파크가 튀었다. 깜짝 놀라 나팔꽃을 떨어뜨리고 말았는데, 바닥에 떨어진 그것은 이파리를 휘감으며 앞쪽으로 미끄러져 갔다. 유령 여자가 발로 찬 것이다.

발포 후에도 목 조르기는 계속됐다. 유령 여자가 총을 맞지 않았다는 증거였다. 모에기는 댓잎을 쥐고 자신의 목을 조르는 리본을 절단했다. 평소라면 무서워서 도저히 못할 행동이지만, 혈류가 멈춰 뇌가 딱 좋게 맛이 가 있었기에 끝까지 해낼 수 있었다. 해방된 모에기의 목과 머리가 반동으로 인해 앞쪽으로 쿵 떨어졌다.

그리고 자연스러운 동작으로 댓잎을 치켜들었다. 찌를 대상을 겨냥할 새도 없이 내리찍었다.

하지만 손목을 붙잡혔다.

유령 여자의 눈과 코 앞에서 정지했다.

마주 보는 자세가 되었다. 그것이 몇 초 간 이어졌는지는 알 수 없다. 그 시간 동안 계속 모에기는 댓잎을 10센티미터만 더 앞으로 휘두르기 위해 필사적이었는데, 이를 후회한 것은 모에기의 명치로 발길질이 치고 들어온 것과 동시였다.

아, 하고 「아」와 「가」의 중간 발음 같은 소리가 새어 나왔다. 한 발짝 물러서며 거리가 벌어졌다. 유령 여자가 거리를 좁혀오려고 했기에 모에기는 아직 가까스로 쥐고 있던 댓잎을 과장된 몸짓으로 휘두르며 위협했다.

동시에 뒷걸음질도 쳤다.

그것은 정신적인 후퇴이기도 했다. 등급 매기기가 끝났음을 느꼈다. 게임의 경험치가 다르다. 접근전에서는 못 이긴다. 나팔꽃으로 원거리에서 노려야 한다는, 스스로도 어설프다 싶은 발상에 홀려, 모에기는 댓잎을 버렸다. 점퍼스커트의 양쪽 포켓에서 남은 두 자루의 나팔꽃을 뽑아 마구 쏴댔다.

그러나 거기서 자신이 십자로의 한가운데 있음을 재인식했다. 두 자루의 권총을 피하는 데 유령 여자는 몸을 아주 살짝 옆으로 비키기만 해도 충분했다. 유령 여자가 시야에서 사라지자, 모에기는 또 혼자가 되었다.

여러 가지 것들이 백귀야행처럼 모에기의 의식에 떠올랐다. 거칠어진 숨소리. 아직 아픈 오른쪽 귀. 땀으로 들러붙은 블라우스. 체온으로 뜨뜻해질 만큼 뜨뜻해진 나팔꽃의 손잡이. 그리고 리본을 절단할 때 베었는지 욱신욱신 통증을 호소하는 목 언저리.

발소리는 들리지 않았다.

유령 여자는 아직 저쪽 모퉁이에서 대기 중이었다.

설마 기력이 꺾였을 리도 없다. 움직이지 않는 것은 그러는 편이 낫다고 판단했기 때문이리라. 이쪽이 권총 두 자루를 가지고 있는 이상, 어중간하게 도망치는 것은 역으로 위험하다. 접근전으로 유도하는 편이 얼마간 승산이 있을 것이다.

앞으로 나설 용기는 없었다.

바로 아까 한심한 모습을 보인 참이다. 손과 손이 닿을 수 있을 정도로 간격이 줄어들면 지는 것은 자신이다. 이유를 운운하기 이전에 우선 발이 움직이지 않았다. 가만히 나팔꽃을 겨누고, 여자가 뭔가를 착각해서 나오는 것을 기다릴 수밖에 없었다.

그렇게 시간이 흘렀다.

마음이 조급해졌다.

어쨌든 모에기는 아직 실적이 제로인 것이다. 이러고 있는 지금 이 순간에도, 캬라 스승의 손에 의해 토끼의 수는 줄어들고 있을 것이다. 실적 제로. 이번이 한 명째. 한 명이 이렇게 힘들단 말인가, 하고 모에기는 입술을 깨물었다. 솔직히 말하자. 더 쉬울 줄 알았다. 이쪽은 권총이고 상대는 무방비, 더 쉽게 손끝의 운동만으로 해치울 수 있을 줄 알고 얕보고 있었다. 그런데 뭔가? 나는 왜 한 발짝만 잘못 디뎌도 사망할 지경이 되어 버린 것인가? 이 짓을 앞으로 4번이나 더 해야 하는 건가? 그런 건 나 같은 쓰레기에게는 도저히―.

하지 마.

하지 마. 하지마하지마하지마. 무기력에 매달리는 짓은 하지 마. 강자는 그러지 않아. 그런 약해 빠진 생각에 잠겨 있을 여유는 없어. 이것은 이상적인 자신으로 다시 태어나기 위한 의식이자 시련이고, 저 여자는 발판이자 경험치이고, 언젠가는 고생담의 화젯거리로 삼겠다고 생각해야만 한다. 그렇다. 신은 극복할 수 있는 시련만 주신다. 노력은 반드시 보답받는다. 인생은 플러스마이너스 제로이니 나를 바보 취급한 녀석들에게 본때를 보여줄 것이다.

모에기는 입을 열었다.

"질까 보냐."

또 입을 열었다.

"이런 곳에서 질까 보냐! 나는! 캬라님의 제자라고!!"

대답은 없었다.

대신, 유령 여자는 〈그것〉을 이쪽으로 던져왔다.

(25/43)

솔방울이었다.

연막탄이었다. 엄청난 기세로 십자로에 연막이 펼쳐졌다. 모에기가 있는 지점에까지 그 여파가 뻗어왔고, 그와 같은 속도로 모에기는 뒷걸음질 쳤다.

모에기는 자기 자신을 살펴봤다.

시선 끝에 보이는 것은 〈그루터기〉의 점퍼스커트. 거기에는 솔방울을 휴대하기 위한 벨트가 붙어 있었다. 세 개 있어야 하는 솔방울이 하나뿐이었다.

싸우는 사이 도난당한 것이다.

그것도 하나가 아니라 두 개.

이제야 알았냐는 듯 연기를 뚫고 솔방울이 하나 더 날아왔다. 그것은 세로로 회전하면서 모에기의 옆을 지나 뒤에서 작렬하며 그녀의 퇴로에도 뭉게뭉게 연막을 가득 피웠다.

전방과 후방, 회색 벽이 생겼다.

그렇다고 해도, 그래 봐야 연기이기에 쉽게 뚫고 나갈 수 있다. 모에기는 곧바로 그렇게 해야 했다. 그녀가 이 순간 취해야 할 행동은 따질 필요도 없이, 연기를 뚫고 나가 유령 여자로부터 거리를 두는 것이었다. 도망치는 게 아니다. 거리를 둘 뿐이다. 유령 여자를 포기하냐 마냐는 둘째 치고, 양쪽을 연막이 가로막고 있는 환경은 곤란하다. 신속하게 피해야 했다.

그러나 실제로는, 모에기는 앞으로도 뒤로도 움직이지 않았다. 연기 속으로— 시야가 막힌 장소로 돌입하는 데 공포를 느꼈기 때문이다. 연막을 통과한다니, 상상도 할 수 없었다.

양쪽의 연막이 하나로 합쳐졌다.

연막이 모에기를 집어삼켰다. 시야가 사라졌다.

분주한 발소리가 들려왔다.

모에기는 저도 모르게 나팔꽃의 방아쇠를 당겼다. 십자로를 향해 두 발—. 그러나 적중했음을 확인할 수 있는 신음 소리는 들려 오지 않았고 애당초 발소리는 다가오지 않고 멀어져 갔다. 유령 여자는 안쪽으로 달려간 것이다.

도망간 건가—.

그 생각은 몇 초도 되지 않아 부정당했다. 발소리가 또 접근했기 때문이다. 그것도 방향이 달랐다. 한 바퀴 빙글 돌아 등 뒤에서 모에기를 덮치려고 하는 것이리라. 그렇게 둘까 보냐라는 생각에 뒤로 돌았다.

더 크게 바스락바스락 소리가 가까이에서 들려 왔다. 리본이 달린 머리띠가 가까이 있음을 모에기는 기억했기에, 그것을 유령 여자의 발소리로 오인하지는 않았다. 주의를 기울이고 있으면 소리를 구분할 수 있었다. 그렇다. 연막을 피우든, 뒤로 돌든, 이 직선 통로에서 모에기가 우위라는 사실은 바뀌지 않았다. 공격이 도달하는 범위가 다르다. 아무리 달인이라도 무방비로 이 두 자루의 권총에 이길 수 있을 리가―.

"―아."
무심코 입에서 소리가 새어 나왔다.
몸이, 순식간에 열기를 잃었다.
생각났다.
이 싸움이 시작됐을 때, 자신이 세 자루의 나팔꽃을 갖고 있었다는 사실을 말이다.
생각났다.
그중 한 자루를 귓가에서 쏴 버린 탓에 떨어뜨린 것이―.
생각났다.
그것은 유령 여자가 발로 차는 바람에 더 앞쪽으로 밀려가서, 지금 현재 어디 있는 걸까?

(26/43)

연속으로 총성이 울렸다.
그중 반은 모에기의 것이고, 나머지 반은 다른 사람의 것이었다.

좁은 통로였다.

시체가 있으면 그 위로 넘어가야 할 정도로 폭이 좁은 통로였다. 몸이 엇갈리는 건 불가능한 통로였다. 서로 나팔꽃을 쥔 지금, 우위는 저쪽에 있었다. 한쪽은 몸을 약간 움직이는 것도 힘겨운 좁고 갑갑한 통로의 중앙. 한쪽은 얼마든지 그 몸을 숨길 수 있는 모퉁이. 어느 쪽이 총격전에서 승리할지, 그런 것은 불 보듯 뻔했다.

어깨와 배와 오른쪽 다리에 총을 맞았다.

수비도 만족스럽게 하지 못했다.

그나마 좋게 평가할 점이 있다면, 그것은 아픔을 목소리로 표현하지 않은 점일 것이다. 그러나 쓰러진 것은 들켰다. 또 한 발 맞았다. 어디에 맞았는지 이제 알 수 없었다. 전신이 패권을 다투듯 아팠기 때문이다.

통렬하게 모에기의 신경이 타들어 갔다.

전부 날아가 버렸다.

그녀의 뇌수의 99퍼센트가 두 가지로 메워졌다. 아프다는 것. 아픔에서 벗어나고 싶다는 것. 그러나 여기서 도망쳐도 성공하지 못할 것이고, 아무것도 안 될 것이라는 생각이 마지막 순간에 떠올랐다. 모에기는 두 손을 움직여 어느새 놓아 버린 나팔꽃을 찾으려 했다.

그러나 그 오른손이 하이힐에 짓밟혔다.

눈앞에 총구가 나타났다.

"……윽."

연막은 아직 남아 있었다.

그러나 이내 걷히기 시작했고, 거리도 가까웠다. 나팔꽃 너머로 유령 여자의 얼굴을 봤다. 험악한 표정이었다. 살의인가, 아니면 살인에 대한 혐오를 의미하는 걸까.

모에기는 자신을 겨눈 나팔꽃에 초점을 맞췄다. 자신이 떨어뜨린 나팔꽃—. 기억에 따르면 한 발이 아직 남았다. 가령 총알이 떨어졌다고 해도 그 총신으로 직접 때리기만 하면 될 것이다.

끝났다.

그것은 이제 강자를 연기하지 않아도 됨을 의미했다.

눈꼬리에 한동안 무소식이었던 감각이 일었다. 나팔꽃의 방아쇠가 당겨지고, 인간의 머리를 꿰뚫는 데 충분한 살상 능력이 탄환에 부여되었다. 총신에서 그녀의 얼굴로, 30센티미터도 안 되는 거리를 비상하는 그 찰나에, 생애 마지막 순간에, 모에기는 분명히 울고 있었다.

(27/43)

연막이 걷혔다.

무기를 회수하기 위해 유우키는 연막이 걷히기를 기다렸다.

두 자루의 권총. 또 한 개의 솔방울. 그것과 아마도 지니고 있을 댓잎. 살인마와 싸우려면 무기 조달이 최우선 과제였다. 그녀를 죽였을 때 이미 연막이 꽤 옅어져서 시야에 문제는 없었고 곧바로 시체를 뒤질 수도 있었으나, 유우키는 한참을 가만히 있었다.

완전히 연기가 걷힘과 동시에 움직였다.

온 힘을 다해 벽을 때렸다.

단단했다. 꿈쩍도 안 했다. 게임용 세트이므로 당연하다. 유우키로서도 물론 벽을 부수는 게 목적은 아니었고, 그저 화풀이가 되면 그걸로 족했다. 〈그루터기〉의 시체를 패 줘도 좋을 지경이었다.

왜냐하면 유우키는 이 여자아이 때문에 짜증이 났기 때문이다.

"……덜떨어진 게 잘난 척은……."

유우키는 원망스러운 듯이 말했다.

"소질이 없다고, 이 게임에! 현실 사회에서 지내란 말이야, 너 같은 애는!!"

도무지 말이 안 되었다.

재능이 없다. 그렇게밖에 말할 수 없었다. 싸움에서 조금도 센스가 느껴지지 않았다. 보아하니 그 살인마의 제자인 모양인데, 그럼에도 이렇다는 것은 정말로 가망이 없는 것이었다. 전투 중 신변의 위험을 유우키는 전혀 느끼지 못했다. 설령 세상이 백번 뒤집혀도 유우키가 승리할 운명이 뒤집히는 일은 없었을 것이다.

겉보기에는 무난한 승리—.

그러나, 보고 말았다. 죽는 순간의 녀석의 낯짝을 말이다.

당치도 않은 기념물이었다. 지금까지 유우키가 봐 온 수많은 플레이어처럼 공포에 떨거나, 절망하거나, 투지를 잃지 않고 이쪽을 노려보는 일은 없었다. 설마 내가 죽다니, 라고 말하고 싶은 듯한 멍청한 면상도 아니었다.

녀석은 분통해하고 있었다.

전력을 다했으나 그럼에도 도달하지 못했음에 대한 감정. 인생을 진심으로 살아온, 그런데 결과가 따라주지 않은 가난한 자에 대한 보상이었다. 이 게임의 노력상이었다. 그것이 무엇인지 유우키는 추측조차 되지 않았고 설명을 들어도 어차피 공감 못 하겠지만 그래도 무언가가 있었다. 유우키와 같은 〈그냥〉과는 다르다. 〈딱 한 번만〉이라는 동기와도 다르다. 이 게임에 계속 출전함으로써 달성할 수 있는 무언가가 이 녀석에는 있었던 것이다.

유우키는 그것을 죽였다.

짓밟아 부쉈다.

아무렇게나 사는 인간이, 타고난 센스만으로⋯⋯.

(29/43)

시체 물색을 마친 후에도 꺼림칙한 기분은 해소되지 않았다.

두 자루의 나팔꽃과 두 개의 댓잎, 한 개의 솔방울을 입수하고 〈그루터기〉의 시체에서 멀어져도 마찬가지였다. 결코 자연 치유되지 못할 무언가가, 유우키에게 이식되었다. 마음속에서 그것이 스멀스멀 퍼져가는 것을 유우키는 느끼고 있었다.

거대 미로를 나아갔다.

토끼의 베이스캠프가 목적지였다.

확고한 생각이 있어서는 아니었다. 살아남을 가능성을 높이고 싶다면 이대로 탐색을 계속 해야 할 것이다. 살인마로부터 도망쳐 다니라는 것이 하쿠시의 지시였고, 거기에 일주일 동안 살아남아야 하므로 음식물도 확보할 필요가 있었다. 캠프에 돌아가면 어쩌면 살인마와 딱 마주칠지도 모르는데, 그렇게 되면 세간에서 말하는 불 속으로 날아드는 여름벌레 꼴이었다. 멍청한 짓도 정도껏 해야 한다.

하지만 그래도 돌아가고 싶었다.

하쿠시의 안부를 확인하고 싶었던 것이다. 베이스캠프에 살인마가 있을지는 알 수 없었으나 내 스승님이라면 거의 확실히 계실 거라고 봐도 좋을 터다.

—생사는 둘째 치고.

물론 살아 계신다면 가장 좋다. 살인마에게는 못 이긴다고 언젠가 유우키에게 가르쳐 주셨으나, 그 사람이라면 의외로 손쉽게 승리했을지도 모른다. 살아남은 토끼들을 모아서 환담하는 풍경이 베이스캠프에 펼쳐져 있을 가능성도 있다. 또한 죽었다면 그것은 그것대로 좋다. 필요한 것은 확인 작업이었다. 누가 살아 있고 누가 죽었는지 모르는, 상황을 하나도 모르는 채로 배회하기는 싫었다.

목적지가 가까워졌다.

그에 따라 길에 굴러다니는 시체도 늘어났다.

도중에 비해 시체 수가 두 배 가까이 된 것처럼 느껴졌다. 시체가 첩첩이 쌓여 있었다. 〈방부 처리〉 때문에 붉은 피로 칠갑이 되어 있지 않은 것이 그나마 다행이었다. 열 구 중 한 구 정도의 비율로 몹시 심하게 훼손된 시체가 있었는데, 이는 살인마가 특별히 수고를 들인 것임이 자연스럽게 이해됐다.

그중에 눈에 익은 몸집을 발견했다.

스미야카의 시체였다.

열 구 중 아홉 구 쪽이었다. 그냥 죽어 있을 뿐이었다. 흉부 부근에, 기계에 구멍을 뚫어 경량화할 때의 리듬감으로 대량의 자상이 있었다. 그중 어느 것인가가 치명상이리라. 술과 담배로 잔뜩 쉬어 버린 그 성대는 떨리지 않고, 언젠가 유우키의 옆구리에 짓궂게 장난을 쳤던 양손의 손가락은 전혀 움직이지 않았다. 만져 보자 체온이 없었다. 되돌이킬 수 없을 정도로 영혼이 멀리 떠나 버렸다.

살인마에게 당했다.

캐러멜색 머리의 여자에게 당한 것이다.

스미야카 왈, 초심자 팀에 있었던 여자. 유우키가 모르는 사이에 사라진 여자.

유우키가 녀석을 놓치지 않았다면, 혹은—.

그런 생각이 머리에 떠올랐으나 곧바로 지웠다. 게임 중에는 자기 행동에 무책임해지라고 유우키는 하쿠시로부터 배웠기 때문이다. 마음을 가다듬는 연습을 거듭해 왔다. 한 번이나 두 번, 천천히 호흡하면 보도진 앞에 선 정치가처럼 기억을 잃을 수 있었다.

그러나 그 기술로도 마음이 개운해지지 않았다.

마음에 바늘이 꽂혀 있었다.

〈그루터기〉의 죽은 얼굴이 달라붙었다.

인간으로서의 격이란 것을 똑똑히 보게 된 셈이었다. 자신의 심장이 움직이고 있다는 사실에 유우키는 위화감마저 느꼈다. 유우키의 규칙으로 보자면 그 〈그루터기〉는 유우키보다도 상위인데, 그가 죽고 자신이 살아 있다는 사실에 받아들여지지 않는 부분이 있었다.

죽음의 가장자리에서 균형을 계속 잡아야 하는 이 게임에서 그것은 목숨을 잃게 할 수도 있는 마음가짐이었다.

깨달았다.

이런 상태로 살인마와 마주치면, 나는, 죽는다.

(30/43)

베이스캠프로 돌아왔다.

하쿠시의 시체가 있었다.

(31/43)

열 구 중 한 구 쪽이었다.

〈그것〉을 하쿠시라고 식별할 수 있었다는 점을 칭찬받고 싶을 정도로, 훼손되어 있었다. 키와 체격, 약간 남은 머리카락의 색으로 보아 자신의 스승이라고 판단했으나 어쩌면 새빨간 타인, 또는 그 부위가 섞여 있을 수도 있었다.

어디부터 이야기해야 할까.

어쨌든, 〈그것〉이 있던 장소는 큰 방의 중앙이었다. 토끼 300명을 수용할 수 있는 큰 방의 한복판에 월석(月石)이라도 전시하는 양 놓여 있었다. 실제로 월석만큼의 가치는 있을 것이다. 아흔다섯 번의 게임에서 살아남은 인간의 시체다. 시체는 물론, 더 나아가 〈그것〉과 접촉한 게임 현장이 성유물(聖遺物)로 인정받아도 이상할 게 없었다.

머리, 몸통, 팔다리, 손가락 하나하나와 머리카락 한 올 한 올에 이르기까지 하쿠시의 몸은 파괴되어 있었다. 〈방부 처리〉 때문에 하얗고 폭신폭신해진 혈액이 거의 전신을 뒤덮고 있었다. 몸 표면뿐 아니라 몸속도 파괴되어 있어, 시체 주변에는 아날로그 시계의 눈금이 있을 법한 위치에 나열된 늑골, 레이스코스의 조감도처럼 늘어져 있는 소장, 옛날 일본 정원의 바위처럼 띄엄띄엄 놓인 여러 장기 등이 있었다. 시체를 사용한 엽기적인 메시지는 서스펜스의 공식이었지만, 그래도 유우키로서는 이 공간에서 살인마의 자기 과시 욕구 또는 모종의 메시지는 읽어낼 수 없었기에, 이것은 단순히 시체를 파괴하고 싶었을 뿐일 거라고 결론을 내렸다.

혹시나, 아직 숨이 붙어 있을지도 몰랐다.

"멋지지, 그거."

옆에서 목소리가 들렸다.

두 무릎을 감싸 안고 앉은 여자가 있었다.

(32/43)

침향색 머리의 여자였다.

캐러멜색 여자였다.

유우키는 침향색이라는 단어를 처음 들었으나, 저런 색인 걸로 이해하면 되겠지 싶었다. 아까 〈그루터기〉의 발언에 따르면 그 색깔 그대로의 이름인 캬라라는 인물인 듯했다.

인상은 하쿠시와 비슷했다.

긴 머리카락과 큰 키가 자아내는 인상— 그러나 그 상판대기는 스승님과는 전혀 닮지 않았다.

그 얼굴의 인상을 설명하기는 어려웠다. 성미가 까다로워서 좀처럼 의뢰를 받지 않는 전설의 일본도 장인 같기도 하고, 파친코를 너무 해서 눈이 파친코가 된 아버님 같기도 하고, 요상한 말투로 강의하는 학원 강사 같기도 하고, 머리를 다쳐 얌전한 성격으로 바뀐 츤데레 히로인 같기도 하고, 감정 프로그램이 막 설치된 안드로이드 같기도 했다. 또는 이것들 전부 핀트를 못 맞춘 것 같기도 했다. 유우키의 인생에 〈이것〉과 닮은 인간은 한 사람도 존재하지 않았기에, 설명을 하면 할수록 진실로부터 멀어지는 것 같았다.

이것이—.

이것이, 그런 건가.

"당신이—."

유우키가 첫마디는, 실로 바보 같은 질문이었다.

"이걸, 했나요?"

"응."

대화가 성립됐다. 캬라는 고개를 위아래로 흔들었다.

살인마—.

96회차 베테랑, 하쿠시를 항복시킨 여자—.

"왜 〈그루터기〉의 옷을 입고 있는 거죠?"

발언한 대로였다. 캬라는 점퍼스커트를 입고 있었다. 하쿠시와 스미야카의 증언에 따르면 그녀는 토끼 진영, 그런데 〈그루터기〉의 의상을 입고 있다는 것은—.

"낙낙한 옷이 더 좋거든."

예상 밖의 대답이었다.

캬라는 유우키를 가만히 쳐다봤다.

"반대로 그 차림새대로 있기 창피하지 않아?"

"……창피하지만."

유우키는 목 주변의 리본을 매만졌다.

〈그루터기〉의 의상은 시체에서 벗겨낸 것 치고는 지나치게 깨끗했다. 유우키는 그다지 깊이 생각하지 않기로 했다.

"초심자인 척을 하셨군요."

"응. 하지만 충분히 초심자인 것 같은데. 게임은 아직 10회차니까."

"충분히 많습니다. 적어도 저보다는."

"그래?"

"토끼가 300명이나 있었는데 어떻게 아무에게도 들키지 않았나요?"

질문을 이어갔다.

"열 번이나 참가했다면 그럭저럭 얼굴이 알려졌을 텐데요."

"알려졌을 리가 없어."

캬라는 장난기 있는 미소를 띠었다.

"매번 다 죽였으니까."

"······뭐라고요?"

유우키의 두 눈에 힘이 서렸다. 그에 「아, 아니 2회차만 달랐다.」라고 대답이 수정됐다.

"모에기만은 살려 줬어. 착한 아이였거든."

모에기. 적진 리더의 이름. 아마도 그 〈그루터기〉의 이름―.

"그 사람이라면 아마도 만났습니다."

"호오. 어때, 잘 있나?"

"죽었습니다."

자신이 죽였다고는 말하지 않았다. 대신 「왜, 이렇게까지 폭주하는 거죠?」라고 질문을 계속했다.

"매번 전부 죽였다니, 왜요? 그럴 필요가 있는 게임은 아닐 텐데요. 이번에도 〈그루터기〉만 노리면 됐잖습니까. 모에기 님이 〈그루터기〉 진영이었기 때문에? 그래서 손을 빌려준 겁니까?"

"아니."

"죽인 숫자에 따라 상금에 보너스라도 들어오는 건가요?"

"아니."

"그러면 왜. 백만 명 죽이면 영웅이라도 된답니까?"

"그러니까, 이 옷이 갖고 싶었다고."

캬라가 점퍼스커트의 옷깃을 잡아당겼다.

"말끔하게 손에 넣으려면 말이야, 본인이 안 다치게 해치워

야 하잖아? 그런데, 그게 생각보다 어렵더라고. 상당히 난리를 쳐대서…… 점점 화가 나서."

유우키는 미간을 찌푸렸다.

"화가 나서…… 그래서?"

"그걸로 끝."

의미를 알 수 없었다. 「살인 행각에 나서는 것과 관련성이 안 보이는데요.」라고 유우키가 다시 물었다..

"흐응."

그에 캬라는 코웃음을 치고—

"그래."

그리고 유우키를 한번 쳐다봤다.

그뿐이었다.

손끝까지 얼어붙었다.

(33/43)

심지까지 얼어붙었다. 영혼도 얼어붙었다. 어디론가 피가 빠져나가는 것처럼 순식간에 몸이 식어가자, 이를 보충하려는 듯이 머리가 뜨거워졌다. 머릿속이 팽팽 돌아갔다. 눈이 여섯 개가 된 것처럼 대량의 정보가 흘러 들어왔다. 커다란 토끼의 방. 삼림을 본뜬 구조물. 엎어져 쓰러진 너구리 마스코트. 하쿠시의 시체. 넘칠 만큼 널려 있었기에 주목하지 않았지만, 시체투성이인 방의 광경. 그 안에 단 한 사람, 본인 집 거실에 앉아 있는 것처럼 태평하게 벽에 기대 앉아 있는 살인마. 두 무릎을 감싸 안고 앉은 자세. 앞머리 아래에서 번쩍거리는 두 눈. 〈눈으로 죽인다.〉라는 관용구가 불현듯 머리에 떠올랐고, 곧바로 그런 의미는 아니야, 바보야라는 핀잔이 들려왔다.

공기가 바뀌었다.

순식간에 서로 죽여야 하는 분위기가 조성되었다.

"모르는 거야?"

캬라가 사뿐히 일어섰다.

트레이드 마크인 침향색 머리카락이 흔들린다.

"정말로 모르겠어? 게임을 하다 보면 사람을 죽일 기회 정도는 있잖아? 죽이기까지는 안 해도 말이야, 사람이라든가 물건에 화풀이한 경험 정도는 있잖아? 그럼 알 텐데."

살인마의 발이 움직였다.

그와 대조적으로 유우키의 발은 움직이지 않았다.

"죽여도 기분은 풀리지 않아. 그냥 얼버무릴 뿐이지. 부수고 지쳐서 뭐가 뭔지 모르겠고, 그래서 분노가 자연스럽게 사라질 때까지 어떻게든 버티는 거야. 술을 들이켜면서 장래에 대한 불안을 얼버무리는 것과 같다고. 몇 명을 죽여도 근본적으로 해결되지 않아."

캬라는 또다시 힐끔 유우키를 바라보더니 노골적으로 분노를 드러내고 「그거야.」라고 말했다.

"그 눈이야. 이놈이나 저놈이나 살인마라고 하면 곧바로 우습게 본다고. 그게 또 짜증이 난다는 말이지. 내가 보기에는 모두가 작당해서 나를 살인마로 몰아가고 있다고. 죽이고 싶은 기분을 자꾸 부추기는 것으로밖에는 생각할 수 없어. 진심으로 죽이고 싶어서 죽인 인간은 내 과거에 한 명도 없어. 환경이 나를 이렇게 만들었어. 죽고 싶지 않다면 모에기처럼 겸허한 자세로 나오면 되는데."

캬라는 포켓에 손을 넣고는 금방 꺼냈다.

댓잎을 쥐고 있었다.

"모르면 됐어, 이제."

그렇게 말하고, 캬라는 성큼성큼이라고 표현할 수 있을 정도의 속도로 걸어왔다.

유우키는 자기 발에 계속해서 명령을 내렸다. 움직여. 움직여. 움직여. 하지만 움직이지 않았다. 움직일 기적조차 없었다.

이쪽이 움직일 수 없다면 저쪽을 막을 수밖에 없었다.

"—그런, 그런 화풀이에! 그 사람이 졌다는 겁니까!"

〈그 사람〉이라고 말했다. 그러나 그것이 하쿠시를 가리키는 것은 전달된 듯, 「하아.」하고 흥미 없다는 답이 돌아왔다.

"보면 알 거 아냐, 그런 건."

"96회차인 최고참이라고요! 그게!"

"약했거든?"

너무도 간단히, 살인마는 그 말을 입에 담았다.

"애당초, 제대로 움직일 수 있는 몸이 아니었던 모양이고."

(34/43)

이번에는―.

몸뿐만이 아니었다. 머리까지 얼어붙었다.

자아를 상실해 버린 유우키의 귀에, 「봐 봐, 그거.」라는 목소리가 닿았다.

"내용물이, 이상하지?"

캬라가 시선을 옆으로 던졌다. 실로 연결된 것처럼 유우키의 시선도 따라갔다.

하쿠시의 처참한 시체였다.

이미, 유체라는 말조차 어울리지 않을 정도로 처참했다. 이렇게까지 끔찍하게 파괴된 것을 이 나라의 법률은 시체라고 생각해 줄까. 그런 의문마저 들 정도로 난도질 되어 있었다.

유우키는 그 조각 하나하나에 주목했다.

〈이상〉한지 어떤지, 찬찬히 살펴봐도 도무지 판단이 서지 않았다. 건강한 인간의 몸이라는 것을 일단 잘 모르기 때문이다. 그러나 듣고 보니 그런 것 같기도 하다. 문명이 파괴된 뒤 황야에서 겨우 자라난 당근처럼 그 늑골은 가늘었고, 내장은 전부 축구부 남자애처럼 거무스름했다. 게다가 내용물이 전부 나와 있는 것치고는 양이 적은 것처럼도 느껴졌다. 유우키가 기억하는 한, 과학실의 인체 모형에 들어 있는 것은 이런 게 아니었다.

"이런 게임을 백회 가까이하면 너덜너덜해지지, 그거야."

생각났다.

하쿠시가, 지난번 게임 이후 3개월이나 공백을 둔 것을—.

준비라고 해도 너무 긴 게 아닌가, 하고 유우키는 생각했다. 하지만 그것은, 그 이유는—.

"벌 만큼 벌었으니 이제 그만두면 좋았을 텐데. 뭘까, 중독이었을까."

99회의 게임 클리어.

안 그래도 이해할 수 없는 목표였는데 한층 더 이해할 수 없어졌다. 몸이 〈이렇게〉 된 시점에서 그만둘 때라는 걸 생각하지 못했던 걸까? 캬라의 말대로 중독이었다고밖에는 생각할 수 없다. 그렇게까지 해서, 이런 몸에 채찍질하며 출전할 만큼, 99회란 게 매력적인 목표였던 걸까?

이해하기 어려웠다.

〈그루터기〉의 죽은 얼굴이 뇌리를 스쳤다.

머릿속에서 또 벌레가 윙윙거리기 시작했다.

"이제 됐니?"

붙들어 두는 것도 여기까지였다. 캬라가 움직였다.

"어쨌든 말이야, 전혀 상대가 안 됐다고. 그 사람뿐 아니라, 전부."

속도를 올리며 그녀는 말을 이었다.

"너도, 분명 그럴걸."

(35/43)

웃기는 이야기이지만, 이 상황에서도 아직 유우키는 굳어 있었다. 캬라의 움직임이 보행에서 질주로 바뀌고 험악한 얼굴로 댓잎의 칼끝을 유우키에게 향하는 과정을 처음부터 끝까지 멍하니 쳐다보고 있었다. 가령 스크린 속의 광경이라도 좀 더 리액션이 있을 만한 상황이었고, 이 게임이 어딘가에 중계되고 있음을 고려하면 너무도 창피한 일이었다.

〈우두커니 서 있을 상황이냐〉라는 듯 오른손이 경련했다.

나팔꽃을 쥐고 있었다.

유우키는 서둘러 오른손을 쳐들었다.

3번, 총성이 이어졌다. 전부 맞았다는 확신이 있었다. 권총을 다뤄본 경험은 많지 않지만, 명중한 것은 스미야카의 말대로 여성용 사이즈여서일까, 유우키의 재능이 빛을 발해서일까. 3발 모두 머리통을 맞췄고, 그때까지 캬라의 등등했던 기세는 완전히 과거의 것이 됐다. 몸이, 턱에서 목에 걸친 라인이 확연히 눈에 보일 정도로 뒤로 젖혀지다가 약간 앞으로 미끄러지면서 위를 보고 넘겨졌다.

화악, 하고 주변의 이파리가 춤췄다.

방에서 소리가 사라졌다.

유우키는 화약 냄새를 맡으며 캬라를 바라봤다. 쓰러졌다. 과장 없이. 머리에서 콸콸 피를 쏟았는데 공기에 닿자마자 하얗고 폭신폭신한 것으로 변모해 갔다. 비상구의 마크처럼 한쪽 다리가 구부려져 있었고 두 팔은 만세 자세를 취하고 있었다. 바보 같은 꼬락서니였다. 오른손에는 여전히 댓잎이 쥐어져 있었으나, 그것은 사후 강직인가 뭔가라는 작용이었고, 캬라가 악력을 발휘할 수 있는 상태임을 의미하지는 않았다. 머리에 세 발 맞은 것이다. 아무리 하쿠시 스승님이라도 이렇게 되면 끝이다.

그렇다고 해도 일단 확인해야겠다 싶었다.

유우키는 나팔꽃을 쥔 손을 내렸다. 이 나팔꽃은 총알이 다 떨어졌기에 근처에 버리고 모에기로부터 입수한 두 자루 중 하나로 바꿔 쥐었다.

그러나 겨누지는 않았다. 유우키는 거의 경계심 없이 시체에 다가갔다.

그게 잘못이었다.

쥐덫처럼 시체가 벌떡 튀어 올랐다.

그 기세를 몰아 댓잎을 투척해 왔다.

기세를 몰았다고 하나 부자연스런 자세였고, 투척용 나이프도 아니고 대단한 속도도 아니었으나 그래도 예상 밖이었다. 설마 살아 있을까 의심은 했지만, 이렇게도 재빨리 반격 태세로 전환해 올 줄은 생각하지 못했다. 방심했다.

그 대가로 시야의 절반, 오른쪽—.

쭈욱 썰려 버렸다. 해당 부위를 손으로 눌렀다. 당한 것은 눈알인가 아니면 그 주변인가. 구석구석 다 아팠기에 알 수 없었다. 하나하나 판단할 시간도 없어서 유우키는 남은 왼쪽의 초점을 적에게 맞췄다.

살인마가, 서 있었다.

지금 이 순간에도 머리에서 피를 흘리면서—.

총알이 적중한 곳을 봤다. 피와 살과 침향색 머리카락과 하얀 폭신폭신한 것이 뒤죽박죽되어 뭐가 뭔지 알 수 없게 된 그 안에, 앞의 네 가지 중 그 무엇과도 안 맞는 색이 섞여 있었다.

은색이었다.

녀석의 머리에, 피부 아래에, 은색으로 빛나는 무언가가 있었다.

"무······."

입 밖으로 내지 않을 수 없었다.

"뭡니까, 그거."

"보고도 몰라?"

캬라는 〈그것〉이 노출된 부분을 두드렸다.

땅땅, 하는 **금속음**이 울렸다.

"갑옷이야. 여기저기에 박아 넣었지. 방탄 목적으로."

말을 잃었다.

몰상식적인 것에 익숙한 줄 알았다. 살인 게임. 〈방부 처리〉. 대단한 동기도 없이 참가를 반복하는 플레이어 패거리들. 이 업계는 항상 언제나 비상식적인 것과 이웃하기에, 유우키도 웬만한 거에는 놀라지 않는 신경을 가지고 있다고 여겨 왔었다.

하지만, 이건—.

몰상식의 질이 다르다. 아무리 그래도 이건—.

"바보 아네요? 사이보그 아닌가요? 그런 건!"

"남들이 들으면 오해하잖아. 일부 때웠을 뿐, 대부분은 엄연히 내 몸이라고."

"그런 건 반칙이—."

"설마. 이게 반칙이면 은니도 반칙이지. 거꾸로 묻겠는데, 왜 무방비한 몸으로 참가하려고 하지? 왜 남보다 강한 장비를 갖추려고 안 해? 이해 못 하겠는걸."

유우키는 나팔꽃을 다시 거머쥐었다.

그러나 어디를 노려야 하는지 알 수 없었다. 〈여기저기〉에 박아 넣었다고 캬라는 말했다. 급소는 거의 다 보호해 뒀다고 생각해야 할까. 그렇다면 두 다리. 아니, 하반신에도 갑옷을 이식해 밸런스를 맞췄을지도 모른다. 아까의 날렵한 움직임을 볼 때 온몸을 빈틈없이 보호해 뒀을 것 같지는 않지만—.

생각이 정리되기를 기다려 줄 리도 없었다.

살인마가, 달려왔다.

그 손에는 어느새 또 다른 댓잎이 쥐어져 있었다.

될 대로 돼라. 유우키는 그렇게 생각하고 가슴의 정중앙을 겨누고 방아쇠를 당겼다. 빗맞았다. 아니, 피했다. 갑옷을 둘렀다고 일부러 맞아 줄 일은 없는 것이다. 노골적으로 조준을 했기 때문에 타이밍을 들키는 것이라고 분석한 유우키는 두 번째는 서부극에서처럼 재빨리 총을 뽑아 쐈다. 맞았다. 옆구리를 스치듯 맞혔으나 캬라의 전진은 멈추지 않았다. 그러나 요령은 생겼다. 다음에는 배때기에 박아 주자고 결심하고 아까의 액션을 반복했으나 세 번째는 없었다. 총알이 떨어진 것이다. 그 〈그루터기〉는 이 나팔꽃을 다섯 발밖에 쏘지 않았기에, 유우키와 전투하기 전에 먼저 한 발을 발사한 상태였음을 곧바로 이해했다. 어쨌든 총알이 없었다.

나팔꽃을 옆으로 틀어 총신으로 댓잎을 막았다.

무기를 맞대고 힘을 겨루는 상황까지는 되지 않았다. 곧바로 캬라는 댓잎을 거두고서 다시 찔러왔다. 피했다. 유우키는 갑옷 같은 걸 박아 넣지 않았기에 몸을 피할 때는 유리했다. 피하면서 자신도 댓잎을 손에 쥐고 공격 태세로 전환했다.

막혔다.

댓잎으로 막힌 게 아니었다.

목에 막혔다. 캬라의 급소로 내지른 댓잎은 거기서 정지했다. 얇은 살가죽 한 장을 베었을 뿐이다. 할아버지의 울대뼈도 이렇게 단단하지 않겠다 싶은 반동이 느껴져, 맙소사, 사생활에 영향이 있을 법한 곳에도 갑옷을 이식했나, 하고 전율했다.

금속을 때려 버린지라 손이 순간적으로 저렸다.

그것을 저쪽도 알아챘는지 순식간에 세 번인가 네 번 찔렸다.

"……윽! 아악!"

한심하게 소리 지르고 말았다.

유우키는 반성하고 거리를 벌렸다. 아주 잠깐 아래를 살펴보니 몸에서 하얗고 폭신한 것이 나오고 있었다. 어디어디를 찔렸는지 따위는 알 바가 아니었다. 어쨌든 손도 발도 움직였다. 바로 지금 신경 써야 하는 건 그 점뿐이었다.

"하핫."

살인마가 살인마답게 웃었다.

"갑자기 목을 찌르다니. 좋아, 용기 있어! 그 언저리의 피라미보다 훨씬 센스 있어!"

댓잎으로 캬라는 〈그 언저리〉의 시체들을 가리켰다.

그중에는 하쿠시의 시체도 포함되어 있었다.

그것이 왜인지 몹시 화가 났다.

"좋아하지 마!"

유우키는 존댓말을 관두고 외쳤다.

"요즘 시대에 전투광?! 인기 없다고!"

"너한테만은 듣고 싶지 않은데!"

"나에 대해 뭘 아는데!"

"보면 알지! 훤히 다 보여!"

캬라는 더 크게 소리쳤다.

"나도 마찬가지야! 이 세계가 편하잖아?!"

심장이 오그라드는 감각이었다.

평형감각이 사라진 듯한, 자신의 가치가 폄하된 감각이었다. 초등학생 때 이후로 맛본 적이 없는 감각이었다. 사람과, 사회와 관계 맺기를 관둔 뒤로는 한 번도 자극받은 적이 없는 감각이었다.

말싸움에서 열세가 되었을 때의 감각—.

"최고란 말이지, 이곳은! 이상한 규칙은 하나도 없어! 거슬리는 것들은 죽여도 돼! 마음대로 하고 비난은커녕, 때로는 귀여운 여자아이가 나를 추종해 주기도 한다고! 이걸 알면 더 이상 인간 세계로는 돌아갈 수 없어! 우리에게는 여기밖에 없는 거야! 여기서 죽을 수 있다면 소원 성취지! 그렇게 생각하는 거잖아, 마음 깊숙한 곳에서는!"

—아냐.

그렇게 말하고 싶었다.

〈여기밖에 없는〉 것은 아니다. 〈죽어도 좋다〉도 아니다. 나는, 자발적으로 이 길을 선택했다. 여기서 살아가기로 결심한 거라고, 그렇게 말하고 싶었다. 일상에 적응하지 못했기 때문에 여기로 도망쳐 왔다는 듯한 발언은 유감스러웠다. 나는 내 인생에 자부심이 있었고, 즉흥적으로 행동하는 너 같은 살인마와는 다르다고 말하고 싶었다.

하지만 그렇게 말하면 거짓말이었다.

하지만, 그만큼의 것이 유우키에게는 없었다.

필요했다.

이기기 위해, 살아남기 위해, 이야기가 필요했다.

유우키가 외쳤다.

"—똑같이 취급하지 마!!"

(36/43)

나오는 대로 지껄이긴 했다.

하지만 말하면 진짜 그렇게 된다는 그건가. 〈그것〉을 입에
담자마자 납득이 되는 감각이 있었다. 의외로, 진짜로, 그렇게
생각할지도 모른다는, 기분 좋은 착각으로 온몸이 충만해졌다.
〈목표가 필요하다〉라는 스승님의 말을 유우키는 마음으로 이
해했다.

필요한 것은, 시나리오다.

이야기다. 서사의 앞뒤를 맞추는 것이다.

왜 나는 이 녀석을 이기는 것인가. 왜 저 〈그루터기〉가 아니
라 내가 살아남은 것인가. 납득이 가는 설명을 준비해야 했다.
전략적인 이야기가 아니다. 마음가짐의 이야기다. 유우키의 마
음의 문제다. 실제 전법보다 우선 이 마음을, 열세를 느끼고 있

는 이 녀석을 설득시켜야 한다. 마음에 약점을 품은 채로 싸워서는 안 된다. 하쿠시에게 배울 것도 없이 유우키는 이를 알고 있었다.

그리고 딱 맞아떨어지는 설명이 손이 닿는 곳에 하나 있었다.

일부러 〈그것〉을 고를 필요는 없었다. 스승님을 죽인 너를 결코 용서하지 않겠다든가, 자신이라는 인간의 강력함을 증명하고 싶다는 스토리로도 문제없었다. 그런데도 〈그것〉을 선택했다는 것이 유우키의 안에 어떠한 긍지를 낳고 있었다. 자신의 의지로 갈 길을 정했기 때문이다.

이기기 위한 선언이기는 했다. 타산적인 행위이기는 했다. 그러나 〈그것〉은 억지로 갖다 붙였다기에는 부자연스러울 정도로 유우키의 몸에 잘 어울렸다. 진심인지도 모른다. 하쿠시의 시체를 눈앞에 뒀던 순간부터, 아니, 어쩌면 그녀를 만난 순간부터 〈그렇게〉 하고 싶다는 욕구가 어딘가에 있었는지도 몰랐다.

진상은 본인도 몰랐다.

그러나, 어쨌든 유우키는 〈그것〉을 입 밖에 냈다.

(37/43)

"나는 그 사람의 제자다!"
이어서 외쳤다.

"그 사람이 생전에 품었던 뜻은 내가 잇는다! 99회 클리어는 내가 달성할 것이다! 너 같은 깡패에게는 질 수 없다고!!"

(38/43)

지면을 걷어찼다.

무턱대고 돌진했다.

달리면서 유우키는 손끝으로 댓잎의 몸체를 쓸어내렸다. 날에 이가 빠진 곳이 없음을 확인한 것이다. 눈으로 확인하지는 않았다. 시선은 계속 캬라에게 고정되어 있었기 때문이다.

캬라는 엷게 미소를 짓고 있었다.

비웃음은 아니었다.

요즘 소년 만화에서도 안 써먹을 법한 열정적인 선언을 유우키가 했기에, 조소를 드러내는, 그런 종류의 웃음은 아니었다. 관심— 으로 보였다. 모든 일이 예상 밖으로 흥미롭게 진행되었기에, 기쁘다. 그런 웃음이었다. 그런 웃음의 이유는 모르겠다. 알려고 하지도 않았다. 상대는 살인마였다. 알려고 하면 할수록 늪에 빠질 것은 자명했다.

유우키는 댓잎을 쥐지 않은 팔로 무언가를 던졌다.

솔방울이었다.

두 사람 사이에 연막이 펼쳐졌다.

그러나 유우키는 발을 멈추지 않았다. 망설임 없이 들어갔다. 살인마와의 거리는 정확히 기억하고 있었다. 사전에 상상한 대로 유우키의 몸은 움직였고, 왼쪽, 오른쪽, 왼쪽으로 땅을 딛고, 체중을 한껏 실은 댓잎을 캬라가 있을 위치로 날렸다.

허공을 베었다.

점퍼스커트의 갈색 치맛자락이 시야 오른쪽 끝에 보였다.

다음 순간 어깻죽지를 싹 베였다고 확신할 수 있는 통증이 일었다. 소리를 질렀다. 그러나 발은 멈추지 않았다. 어깨를 누르느라 댓잎을 놓치면서도 계속 달려 캬라의 옆을 통과하고, 더 나아가 솔방울의 연막도 빠져나왔다.

기습이 목적은 아니었다.

모에기도 아니고, 연막을 펼친 것 정도로 움직임이 멈출 리 없다고 생각했다. 운 좋게 한 방 먹일 수 있지 않을까 기대하며 공격해 본 것도 있지만, 주 목적은 캬라의 옆을 통과하는 것이 었다.

도망치는 것이 아니다.

이동하는 것이다. 〈그것〉의 곁으로—.

〈그것〉에 손을 뻗으며 유우키는 몸을 웅크렸다.

뒤를 돌아보니 캬라도 연기 속에서 막 빠져나온 참이었다.

그녀는 눈을 동그랗게 떴다.

그럴 만했다.

유우키가 들고 있는 〈그것〉은 무기도 뭐도 아니었기 때문 이다.

너구리 모양의 마스코트— 이 게임의 〈해설 담당〉이었다.

이상하다고는 생각했다.

〈살인마와는 싸우지 마〉. 유우키는 하쿠시로부터 그렇게 배웠다. 이쪽은 〈생존〉의 프로이고, 저쪽은 〈살인〉의 프로이기 때문이라고—. 그 말의 무게를 바로 지금 통감하는 참이었다. 정면 승부로는 1밀리미터조차도 싸움이 성립할 것 같지 않았다.

그러나 캬라는 〈약했다〉라고 분명히 말했다.

96회나 게임을 해서 몸이 너덜너덜해졌고, 그래서 약했던 거라고 녀석은 말했다. 자신의 스승이 약해져 있었다는 사실 그 자체의 임팩트가 강해서, 금방은 깨닫지 못했으나, 그래도 잘 생각해 보니 아무래도 이상했다.

그것은 즉 하쿠시가 살인마와 싸웠다는 말이기 때문이다.

이길 수 없는 조건에서, 이길 수 없는 살인마와—.

믿을 수 없지만 실제로 시체가 남아 있었다. 게다가 조각조각으로 해체되었다는 점을 봤을 때, 그것은 캬라를 상당히 화나게 한 것으로 봐도 좋을 것이다. 전투 행위는 분명히 있었다. 이상하다, 이상하다고 아무리 외쳐도 의심할 바 없는 사실이었다.

그리고 내 스승은 승산이 없는 싸움은 하지 않는다.

이런 점들을 토대로 생각했다. 하쿠시가, **이 방에 무언가를 남겼을 가능성은 없을까?** 이 몸으로는 이길 수 없음을 깨달은 그녀가 그래도 캬라에게 승리하기 위해, 이 방에 온 누군가를

〈이기게 하기〉 위해 무언가를 남겼을 가능성은 없는 것일까?

없을지도 모른다.

현실성 없는 기대인지도 모른다.

그러나, 그런 관점에서 방을 둘러봤을 때 〈그럴싸한〉 곳이 하나 있었다. 너구리다. 너구리 마스코트였다. 지각한 유우키는 이야기밖에 못 들었지만 보아하니 저게 토끼 진영의 〈해설 담당〉인 것 같았다. 그 배는 활짝 열려 안에 있던 전자부품이 드러나 있었다. 토끼 여럿이 합세해 두들겨 팬 것이라고 하쿠시는 말했다.

배가 드러났다는 것은, 즉, 똑바로 누운 상태였다는 건데, 지금 이 너구리는 **엎드린 자세로 놓여 있었다**. 너구리는 딱히 바닥에 고정된 상태가 아니기에, 누군가가 발로 찼을 가능성도 다분히 있었으나, 그래도 그렇지 않을 가능성도 뒤지지 않을 만큼 있었다.

왜냐하면 하쿠시는 이렇게도 말했다.

—모두가 두들겨 패서 파괴했어.

—**뭔가 아이템을 숨기고 있을지도 모르니까.**

눈을 동그랗게 뜬 캬라는 뒷전에 두고, 유우키는 너구리를 배가 위를 향하도록 뒤집었다.

해낼 수 있을까.

뱃속에, 기판 위에, 나팔꽃 한 자루가 숨겨져 있었다.

사격 자세를 취했다.

캬라를 향해 조준했다.

그런데 유우키는 오른쪽 눈을 다쳤다. 그래서 시야가 평소의 반밖에 안 되었지만, 그조차도 번졌다. 눈물을 쏟을 정도까지는 아니었지만 아슬아슬했다.

깊이 감동한 것이다.

하쿠시는 어떤 심정으로 이것을 숨겼을까.

자기가 쓸 수도 있었을 것이다. 아무리 몸이 안 좋다고 해도, 조준하고 방아쇠를 당기는 것 정도는 가능했을 것이다. 조금은 승률도 올라갔을지도 모른다. 하지만, 그럼에도, 그녀는 봉인했다. 〈이것〉을 캬라에게 빼앗기지 않으려고. 언젠가 이 방에 올 누군가를 위해서. 〈이런 식〉으로 최고의 타이밍에 허를 찔러 줄 것을 기대하고—.

아마도 여덟 발이 전부 남아 있을 것이다.

탕탕탕. 연달아 쐈다. 표적은 미리 정해뒀다. 어깨와 복부와 오른쪽 다리였다. 모에기에게 명중시킨 것과 같은 부위다. 추측하건대 녀석은 캬라의 제자이므로, 스승과 달리 머리에는 갑옷을 박아 넣지 않은 것 같지만, 다른 부분에는 넣었을지도 모른다. 모에기는 그 세 곳을 방어해 두지 않았기 때문에, 캬라도 같은 곳이 무방비하지 않을까, 하는 조잡한 가설이었다.

가설이 맞았는지 아닌지는 알 수 없으나, 적어도 총알은 맞췄다.

캬라의 다리가 멈췄다.

그녀는 주저앉았다. 땅바닥에 무릎을 찧음과 동시에 왼쪽 팔이 움직였다. 댓잎을 던지는 동작이었다. 그러나, 좋아, 어디든 마음대로 노려보시지라고 생각하면서 유우키는 자세를 흐트리지 않았다.

연달아 또 세 발―.

네 발째. 빗나갔다. 캬라가 자세를 낮췄기 때문이다.

다섯 발째. 맞췄으나 머리였다. 캬라가 몸을 앞으로 숙였기 때문이다.

여섯 발째는 댓잎이 투척됨과 동시였다. 몸통을 겨냥하기 힘든 위치였기에 어쩔 수 없이 왼쪽 허벅지를 쐈다. 관통했다. 그건 좋았지만 그래도 댓잎을 회피할 시간적 여유는 없었다. 고속으로 날아온 댓잎이 유우키의 가슴팍으로 날아왔고, 그리고는―.

뚫지 못했다.

바니걸 의상의 단추 부분에 정확히 맞았다. 댓잎은 유우키의 발밑으로 어이없이 떨어졌다.

유우키는 웃었다.

이 의상도 나쁘지 않다고 생각했다.

일곱 발째를 쐈다. 예상 밖의 상황에 부릅뜬 캬라의 오른쪽 눈에 맞았다. 보복이었다. 아무리 방어가 견고해도 눈과 입은 무방비하다. 전투 만화의 그런 상식을 떠올린 유우키는 여덟 번째 탄환을 입을 향해 쐈다. 맞았다. 혹시나 아홉 발째가 안 나오려나, 기대하며 방아쇠를 찰칵찰칵 당겨봤으나 역시나 아니었다. 유우키는 캬라가 던진 댓잎을 주웠다.

그리고 고개를 숙인 살인마에게 다가갔다.

찔렀다.

얼굴에, 가슴에, 손에, 다리에, 난도질이란 이를 일컬었다. 캬라는 더 이상 댓잎이 없는지 양손의 손톱으로 저항해 왔다. 그런 건 무섭지 않았다. 계속 찔렀다. 데미지를 주는 것에서 숨통을 끊어 놓는 방향으로 의식이 향하며, 공격 부위가 점차 급소로 바뀌었다. 역시나 가슴에는 금속판이 이식되어 있었기에, 내장과 함께 배를 찢어발기는 방향으로 안착했다. 찌르고, 찌르고, 찌르고, 찌르고, 주먹이 통째로 뱃속에 들어갈 정도로 깊이 찌르고—.

그리고, 이윽고, 캬라의 숨이 멎은 것을 깨달았다.

(41/43)

시야가 넓어졌다.

손을 멈추고 숨을 고르니, 자신이 저지른 행위의 결과가 잘 보였다. 눈앞에 있는 것은 캬라의 시체. 배가 갈기갈기 찢어진 시체였다. 하쿠시의 처참함에는 까마득하게 못 미치지만, 그래도, 틀림없는, 내기가 성립되지 못할 정도로 딱 보기에도 시체였다.

유우키는 왼손을, 댓잎을 쥔 손을 봤다. 피투성이는 아니었다. 〈방부 처리〉에 의해 그 손은 깨끗했다. 바니걸 의상의 소매에도 얼룩 한 점 없었다.

손에서 댓잎이 미끄러져 떨어졌다.

유우키는 그 자리에 엎드려 누웠다.

긴장이 풀렸다. 최선의 행동은 아니었다. 아까도 죽은 줄 알았는데 죽지 않은 경우가 있었고, 게임도 아직 계속되고 있었다. 살아남은 〈그루터기〉가 어딘가의 그늘에 숨어 있을 것이고, 어부지리, 와는 조금 다르지만, 다친 유우키를 습격해 올 가능성도 있었다. 유우키도 그런 건 머리로는 알고 있었다. 하지만 여유가 없었다. 육체적으로도, 정신적으로도, 지금까지의 게임과는 비교도 안 될 정도로 피곤했던 것이다.

충실한 피로감이었다.

유우키는 천천히 숨을 쉬었다. 숲을 모방해 만들어진 세트에서, 빛이 내리쬐고 있었다. 광합성을 하듯이 몸이 금세 편해져서 아무 일도 없다면 그대로 잠에 빠져들었을지도 몰랐다.

물론, 가정해서 하는 이야기다.

실제로는, 발소리가 들렸기에 유우키는 몸을 일으켰다.

방 입구에 〈그루터기〉가 있었다.

남색 눈동자가 인상적인 여자아이였다. 극도로 피곤한 얼굴을 하고 있었다. 신에게 기도를 올리듯 양손을 모으고 있었고, 그 손과 손 사이에는 댓잎이 쥐어져 있었다.

　토끼와 〈그루터기〉.

　이 게임의 원래 대립 구조—.

　그 여자아이는 한참을 가만히 굳어 있었다. 「할래?」라고 유우키는 말을 걸었다.

　"……아니요."

　여자아이는 두 손을 들었다. 그와 동시에 댓잎이 바닥에 떨어졌다.

　"이미 다섯 명을 죽여서요. 괜찮습니다."

　"호오."

　유우키는 놀랐다.

　"대단한데."

　"지긋지긋해요. 이제 절대로 엮이고 싶지 않습니다, 이런 게임에."

　유우키는 멋쩍게 웃었다. 피부가 당겨져 오른쪽 눈이 아팠다.

　"그렇겠지."

(42/43)

　이렇게 게임이 끝났다.

사상 최대급의 참가 인원수를 기록한 〈캔들 우즈〉는 동시에 사상 최저의 생환율도 기록하게 되었다. 330명 중 298명의 토끼와 29명의 〈그루터기〉가 사망. 생환을 달성한 것은 불과 3명이었다.

　플레이어 네임 〈유우키〉, 본명 소리마치 유우키 (反町友樹).

　플레이어 네임 〈아이리〉, 본명 히토세 아이리 (一瀬藍里).

　플레이어 네임 〈하쿠시〉, 본명 시라츠가와 마나미 (白津川真実).

(43/43)

3. 라이프 타임 잡

유우키는 3평짜리 빌라 원룸에서 눈을 떴다.

이 게임에서 뭐가 싫은지 묻는다면, 이 순간이 가장 싫었다. 그리운 내 집의 천장. 3평짜리 낡은 빌라 원룸의 천장. 즐거운 시간이, 목숨을 건 게임이, 세계에서 유일하게 내가 활약할 수 있는 최고의 무대가 끝났다고 졸려서 멍한 머리에 주입당하는 것이다. 일어나자마자 기분이 안 좋아졌다.

유우키는 일어났다.

몸을 일으켰다. 움직임에 지장은 없었다. 오른쪽 눈도 나았고, 시각은 충분히 입체적이었다. 옷을 벗고 온몸을 확인해 보니 찔린 상처도 전부 아물어 있었다. 완전 회복이었다. 눈알도 거뜬히 고쳐 주는 운영진의 수완에 유우키는 찬사를 보냈다.

머리맡에 놓인 휴대폰을 손에 쥐었다. 저녁 5시였다. 그러고 보니 창밖이 붉은 것을 유우키는 새삼스럽게 깨달았다. 일부러 확인할 것도 없었다. 저녁이었다.

유우키가 활동하는 타이밍은 아직 아니었다.

기본적으로 야행성인 인간이었다. 아침 7시에 항상 잠들어, 밤 7시에 일어났다. 충격적인 12시간 수면이었다. 중학교를 나와 목적 없는 삶을 계속 살다 보니, 자연스럽게 이렇게 됐다. 스스로를 세상 사람들에게 내보일 수 없는 부끄러운 인간이라고 여기고 있다는 것이, 아마도 그 이유였다. 남들 눈이 무서워 낮에는 돌아다니지 못하는 것이다.

다시 누울까.

그렇게 생각했다.

앞으로 2시간, 나의 활동 시간이 될 때까지. 잠에서는 완전히 깼기에 또 잠들 수는 없었지만, 그래도 누워서 멍때리기 정도는 할 수 있었다. 불건전한 젊은이답게 스마트폰을 갖고 놀아도 될 것이다. 어쨌든 두 시간. 유우키는 한번 걷어찬 담요를 다시 뒤집어쓰고 바닥에 드러누웠다.

그러자, 곧바로 마음속에 응어리가 생겼다.

불만이랄까, 죄책감이랄까. 그래도 되냐, 너, 라는 목소리가 들려왔다. 한번 깼다가 다시 잠든 경험은 수없이 많은 유우키였지만, 이런 적은 처음이었다. 담요 안에서 꼼지락거리며, 왜일까 생각했다.

원인은 곧바로 알게 됐다.

유우키가 스승의 뒤를 이었기 때문이다.

〈캔들 우즈〉에서 살아남기 위해 아무렇게나 외쳤던 말. 그것이 유우키가 생각하는 것 이상으로 그녀에게 영향을 주는 듯했다. 정말이지 놀랄 일이지만, 제대로 해야 한다, 하쿠시의 후계자답게 행동해야 한다는 마음이 유우키 안에서 싹트고 있는 것 같았다.

시간이 지나면서 응어리는 급속히 부풀어 올랐다.

"아악!"

유우키는 다시 담요를 걷어찼다. 이 담요로는 더 이상 억누를 수 없었다. 「일어나면 되잖아.」라고 혼잣말을 내뱉으며 유우키는 밖으로 나갔다.

(2/7)

어디로 가냐 묻는다면, 걸어서 5분인 편의점밖에 갈 곳이 없었다.

식생활까지도 〈제대로 해라.〉는 목소리가 들려오면 어쩌나, 하고 유우키는 걱정했지만 기우였다. 유우키는 당질과 소금기와 지방분과 첨가물을 꽉꽉 넣은 편의점 도시락을 사 들고 집으로 돌아왔다.

유우키는 식재료를 사러 나가는 데 서툴렀다.

왜냐하면 산 것을 식욕이 명하는 대로 전부 먹어버려서다. 그러나 이번만은 드물게도, 유우키는 사 온 도시락을 바닥에 잠시 두었다. 그리고 옷장을 열고, 구석에 개어 있다기보다 뭉쳐져 있는 그것들을 바닥에 펼쳤다.

지금까지 게임에서 사용한 의상이었다.

지난번은 무녀. 지지난번은 여자 깡패 스타일로 개조된 교복, 지지지난번은 학교 수영복으로 이하 생략. 총 여섯 벌의 의상이 그곳에 있었다. 추가로 곰팡이가 피어서 버린 의상도 두 개 있었던 것을 유우키는 기억하기에, 총 여덟—.

그리고 이번 바니걸 의상을 추가해, 아홉—.

9회. 99회까지 앞으로 90회. 목표는 아득히 먼 저편에 있었다. 유우키는 과거의 게임을 반추해 본 적이 없었으나, 강렬하게 기억에 남은 위기 한두 번은 있었다. 그 나름대로 아수라장을 헤쳐 왔다는 자부심도 있었다. 이번 게임은 말할 것도 없이, 지난번에도 지지난번에도 아슬아슬한 순간을 빠져나와서, 그렇게 겨우 이번 9회라는 기록으로 이어진 것이다.

그걸 앞으로 10세트 반복해야지만 99에 이를 수 있었다.

다시금 인식하게 되었다.

자기 스승의 괴물 같은 능력을, 자신이 내뱉은 호언장담의 크기를—.

그러나 유우키는 힘주어 말했다.

"해내고 말겠어, 젠장."

(3/7)

시간을 다시 거슬러 올라가 본다.

(4/7)

〈캔들 우즈〉가 끝났다.

살인마의 위협이 사라진 후, 소수의 생존자— 유우키와 아이리는 미로 속에 마련된 각종 생활 설비가 갖춰진 방에서 시간을 보냈다. 이후 게임의 진행 상황이 바뀌는 일은 일어나지 않았고, 이대로 계속하는 데 의미가 없다고 판단되었기에 사흘째에 조기 종료라는 조치가 취해졌다. 두 명의 플레이어를 복귀시킨 후, 해당 게임의 운영 조직에 소속된 직원들이 뒤처리를 위해 현장 안에서 열심히 일하고 있었다.

그 와중에, 한 직원이 큰 방으로 들어왔다.

토끼 에리어의 큰 방이었다.

300명의 토끼가 모였고, 하쿠시가 살해되고, 그리고 유우키와 캬라가 사투를 벌인 방이었다. 그때 그 처참한 꼴로 하쿠시의 시체는 방치되어 있었고, 직원은 그 바로 앞에 섰다.

"모시러 왔습니다."

직원은 시체 앞에서 말을 걸었다.

"게임은 끝났습니다. 이제 **죽은 척하시지 않으셔도 됩니다.**"

잠시 후.

끽, 하는 마찰음이 났다.

그리고 또다시, 소리가 났다. 기긱, 긱, 기기긱, 하고 귀에 거슬리는 소리가 이어졌다.

소리가 멎자, 누워 있던 시체가 처참함이 남은 모습 그대로
일어서 있었다.

전신이 하얗고 폭신폭신한 것에 뒤덮여—.

뼈도, 근육도, 내장도, 온갖 부품이 파괴된 채로—.

살인마의 손에 해체당했음에도 불구하고, 서 있었다. 핼러윈
의상을 방불케 하는 모습으로—.

"여전하시네요."

직원이 말했다. 사실 이 직원은 하쿠시의 전속 에이전트였다.

"항상 생각합니다만, 대체 어떻게 된 겁니까, 그거?"

하쿠시는 답하지 않았다.

저 상태로는 목소리가 안 나오려나, 직원은 그렇게 생각했다.

〈저것〉이 대체 어떤 구조에 의해 가능한 것인지, 직원은 몰
랐다. 운영진이 관여하지 않은 곳에서의 인체 개조이기 때문이
다. 〈방부 처리〉도 어지간하고, 머리에 금속판을 박아 넣은 그
살인마도 어지간하지만, 하쿠시의 〈저것〉은 이미 이 세상의 것
이 아니었다. 근육도 뼈도 없이 일어설 수 있다는 것 자체가 인
체 구조상 있을 수 없는 일인 것이다. 물리를 초월한 무언가가,
그야말로 모종의 주술이 작용한다고밖에 볼 수 없었다.

없는 이야기는 아니었다.

여하튼 5백조분의 1의 초인이다.

"축하드립니다. 이걸로 96회차네요."

직원은 손뼉을 치면서 말했다.

"앞으로 3회. 기대하고 있겠습니다."

진심에서 나온 말이었다.

이런 인명이 경시되는 게임에서 99회 클리어라는 그야말로 기적적인 기록. 그 증인이 될 수 있다면 꼭 함께하고 싶었다.

하지만 하쿠시는 고개를 가로저었다.

"……?"

직원은 미간을 찌푸렸다.

"나는 은퇴할 거야."

하쿠시가 입을 열었다.

목소리를 낸 것이다. 괴물이라고 절실히 느꼈다.

"여기저기 몸에 손을 대서 대충 사기 치며 버텼는데, 이제는 그동안의 업을 청산해야지. 그런 녀석에게 밀려서야 다음 게임은 이제 무리야."

"전혀 그렇게 생각하지 않습니다만."

"아니, 알아. 여자의 감이다."

진부한 표현이었다. 직원이 물었다.

"그럼, 저기, 유우키라는 제자분께 맡기시는 겁니까?"

"어. 그 살인마에게 말한 대로야."

"뭔가 묘하게 기쁜 표정을 하고 계셨죠, 캬라 님."

"녀석도 제자가 있는 모양이니까. 느낀 바가 있었겠지."

"확신은 있으셨습니까? 유우키 님이 그런 식으로 말해 주실 거라고."

"거기까지 노골적으로 말할 줄은 몰랐어. 무슨 일이 있었나?"

"아카이브를 확인하시겠습니까? 은퇴하신다면 저희 클럽에 초대하겠습니다만."

"아니, 됐어. 남을 엿보는 건 취미가 아니라서."

어떤 의미에서 이 게임을 통째로 부정하는 발언이었다.

"당장 걱정인 것은 30회차를 이겨낼 수 있을지일까요?"

"〈30의 벽〉 말인가."

초반까지 순조롭게 게임을 통과해 왔던 베테랑이 30회차 부근에서 급격히 생환율이 떨어지는 현상. 단순한 베테랑과 톱 플레이어를 가려내는 의식―.

"그립네. 지금도 때때로 떠올리곤 해, 〈그것〉에 대해서."

"그 말씀을 들으니 기쁘네요. 작품에 대해 떠올려 주신다니, 저희에게 무엇보다 큰 격려입니다."

"마침 좋은 기회이니 묻고 싶은데, 〈그건〉 뭐야? 운영진의 장난질인가?"

"설마요. 스타의 등장은 저희에게도 기쁜 일입니다. 생환자가 늘어나도록 작업하는 것이라면 몰라도, 죽기 쉽게 만드는 조치 같은 건 취하지 않습니다."

"진짜일까……"

하쿠시는 입도 없으면서 한숨을 쉬는 동작을 취했다.

"뭐, 녀석이라면 걱정 없어. 30 따위에 넘어질 그릇이 아니야."

"음? 어째서죠?"

"왜일 것 같아?"

"〈30의 벽〉을 이겨내는 비결 같은 게 있는 걸까요. 그것을 제자분께 전수하셨다든가."

"틀렸어. 〈그것〉은 말하자면 〈저주〉와 같아. 저주를 상대할 때는 확실한 공략법 따위는 없어."

"그러면, 제자분께 대단히 반짝이는 것이 있는 겁니까. 당신과 같거나, 또는 그 이상의?"

"아니. 센스는 기껏해야 중상급이야. 스미야카와 비슷한 정도지."

"그럼, 그렇게 보여도, 사실은 엄청난 노력가라든가?"

"설마. 녀석의 에이전트에게 물어봐. 세계 최고로 칠칠치 못한 여자니까."

"당신과 똑같은 육체 개조를 받았다든가?"

"〈이것〉에 대해서는 가르쳐주지도 않았고, 가르쳐줄 생각도 없어."

"……그러면, 어째서?"

하쿠시의 머리 일부가 일그러졌다.

웃은 것이다.

그녀는 농담조로 말했다.

"유령이니까. 유령을 상대로 〈저주〉는 통하지 않아."

시간은 다시 현재로 돌아온다.

유우키는 생각했다.

99번을 살아남기 위해 내가 해야 하는 일은 뭘까?

생각나는 것은 다 했다. 우선 방 청소를 했다. 쓰레기를 버리러도 갔다. 노트와 펜을 사 와서 과거의 게임을 되돌아보는 작업도 대충 했다. 대량으로 옷걸이를 사 와 의상을 전부 옷장에 걸었다. 식생활도 고쳤다. 운동 부족인 생활 습관에 관해서도, 뭐, 조금씩 고쳐갈 방침을 굳혔다.

그리고, 이것이 마지막 하나였다.

"……게임에서는 전혀 민망하지 않았는데, 왜일까……."

유우키는 열기를 띤 뺨을 매만졌다.

카메라가 켜진 휴대폰 화면에 근질거린다는 표정을 한 유우키가 비쳐 있었다. 원인은 그 목 아래에 있었다. 유우키의 몸을 지금 감싸고 있는 것은 실내용 추리닝도 아니고 외출용 추리닝도 아니었다.

딱 보기에도 어여쁜 세일러복이었다.

인터넷 쇼핑몰에서 구입한, 이른바 멋내기용 교복이었다. 교복일 필요는 특별히 없었으나 사복을 고르는 센스가 유우키에게는 없었으므로 이걸로 해 봤다. 이 선택을 유우키는 맹렬히 후회했다. 현역 고등학생으로도 통할 나이이고, 그렇게 따지면 코스프레로도 안 보일 터였지만 굉장히 창피한 짓을 하고 있다는 인식이 왠지 있었다.

하지만 출발 시간이 다가오고 있었다.

다른 옷을 준비할 시간은 이제 없다.

그리고, 가지 않는다는 선택지도 없다. 99회를 살아남기 위해 〈지식〉은 절대적으로 필요하다. 딱딱산이 무슨 이야기인지조차 모른다. 게임에서 99번 생환할 수 있는 확률도 계산하지 못하는 여자는 일류가 될 수 없기에─.

유우키는 역시나 인터넷 쇼핑몰에서 산 로퍼를 신고 밖으로 나섰다.

하늘이 붉었다. 저녁이었다. 평범한 학교라면 방과 후인 시간대이지만 지금부터 유우키가 다닐 곳은 야간제이므로 문제없었다.

그렇다고 해도 아까 본 휴대폰 시각을 보면 시간에 여유는 없을 것 같았기에 유우키는 달렸다. 치마를 펄럭이며 달리는 유령 여자에게 지나가던 많은 사람의 시선이 모였지만 유우키는 조금도 창피하지 않았다. 어제까지보다도 강하게 땅을 걸어차는 느낌이 들었고, 아무리 달려도 전혀 피로가 느껴지지 않았다. 분명 자신의 길을 나아가고 있기 때문일 것이다. 유우키의 중추에 자리 잡은 〈목적〉이 온몸 구석구석까지 힘을 부여하고 있었다.

앞으로 나는 플레이어로서 살아갈 것이다.

사망 유희로 밥을 먹을 것이다.

(7/7)

| 해설

니고 쥬우(二語十)

사람을 따지는 작품, 찬반양론. 그런 문구를 써서 팔리는 소설은 가끔씩 있다. 사실, 그러한 유행에 따르지 않는 작품은, 시장에서 장르의 폭을 넓히는 역할을 하는 데도 의의가 있을 것이다. 또한 그것이 이 작품처럼 신인상을 받은 작품이라면 더 바람직하지 않을까. 예컨대 유행에 따르는 소설은 이미 충분한 역량과 지명도가 있는 작가에 의해 높은 퀄리티로 창출되고 있기 때문이다.

그러나 동시에 이렇게도 생각한다. 사람을 따지는 작품, 찬반양론. 이 말들이 작품의 퀄리티에 대한 세간의 비판을 봉인하는 면죄부가 되고 있지 않은가, 하고. 이것은 독자를 고르는 유형의 소설이므로, 널리 받아들여지지 않아도 어쩔 수 없다. 열 명의 독자가 있고 그중 아홉 명에게 꽂히지 않아도, 남은 한 명의 마음에 깊이 꽂힌다면 그걸로 족한 것이다.

이러한 말과 자세는 엔터테인먼트 작품을 세상에 소개하고 많은 사람을 즐겁게 할 책임을 진 자로서는 조금은 불성실한 게 아닐까. 이 작품을 필요로 하는 어느 한 사람에게만 전달된다면 충분할⋯⋯ 리가 없다. 오락 소설을 쓰는 이상, 한 명이라도 많은 사람을 즐겁게 만들어야 할 노력을 게을리해서 좋을 리가 없기 때문이다.

그렇다면 이 점을 고려해, 신인상 심사회에서 크게 평가가 갈렸다는 이 작품은, 출판에 즈음해 어떤 작품으로 완성된 것일까. 적어도, 찬반양론의 간판 아래에서 퀄리티를 희생으로 삼지는 않았던 것 같다. 첫 도입부부터 마지막 한 문장까지, 많은 독자를 즐겁게 하려는 의도를 최대한 느꼈다.

비록 데스게임물에 곧잘 있을 법한 과도하게 그로테스크한 표현이지만, 이 작품은 반드시 그런 무기에 의존하지 않는다. 오히려 충격적인 장면은 독자의 상상에 맡기는 정도로 해두고, 〈방부 처리〉라는 유니크한 설정을 살림으로써 불필요하게 과격한 묘사를 피하고, 독자의 생리적 혐오감을 억제하고 있다.

데스게임에 참가하는 소녀들이 메이드복이나 바니걸 의상을 입는다는 것도 라이트 노벨로서 비주얼을 의식한 작품으로 만들어 주고 있다. 또한 독자를 질리게 하지 않는 속도감, 적절한 시점의 전환, 한 권으로 읽었을 때 시간적 변화의 묘사 방식 등, 모든 점이 작품의 퀄리티 향상에 기여하고 있다 하겠다. 튀어야 할 부분은 튀게 하면서, 스토리, 세계관, 구성, 문장 표현, 그 모든 것에 타협하지도 않는다.

그 결과, 이 작품은 앞으로 세간에 어떤 평가를 받게 될까. 역시 찬반양론이 일 것이다. 평가가 갈리는 커다란 이유는 아마도 하나, 바로 캐릭터다. 유우키라는 주인공. 그녀를 받아들여 줄지 어떨지. 이 작품을 선택한 독자들의 활발한 토론이 SNS 등을 통해 폭넓게 이뤄지는 때를 즐겁게 기다리고자 한다.

| 해설

타케마치(竹町)

　망측한 걸 읽고 말았네, 라는 것이 솔직한 감상이다.

　이른바 데스게임물은 과거에도 많은 작품이 있었다. 영화로 치면 『큐브』, 소설은 『배틀로얄』, 『크림슨의 미궁』, 『인사이트 밀』. 최근에는 드라마 『오징어 게임』도 화제가 되었다. 이것만 보면 〈누구나 쉽게 즐기게 되는〉 정석 같은 것도 생기고, 많은 데스게임 작품은 그에 따른다. 가벼운 마음으로, 혹은 어느 날 갑자기 죽음의 게임에 휘말려 당황해하던 참가자들 중 한 명이 죽고, 패닉이 확산되는데— 라는 식으로 말이다.

　나도 처음에는 그런 이야기로 예상하고 읽기 시작했다. 그리고 놀랐다. 경악했다.

　이 작품은 그런 데스게임의 공식을 모조리 무시한 괴작인 것이다.

　우선 주인공에게 절실한 이유가 없다. 「돈을 위해서」, 「일상으로 돌아가기 위해」 같이 쉽고 공감할 수 있는 동기로는 진행되지 않는다. 그리고 초반에 패닉 요소가 없다. 당황해서 부산을 떠는 참가자 중에서 주인공은 냉정하다. 아니, 친절하게 다른 참가자에게 게임 해설까지 해 준다.

　최종 심사에서 찬반양론이 일었다는데 이해가 된다. 아니, 전반부만으로 이미 엉망진창이다. 이런 소재를 살리려면, 다음

246　사망 유희로 밥을 먹는다. 1

과 같이 변경해야 하지 않을까?

눈을 떠보니 ○○는 낯선 서양식 저택의 식탁에 누워 있었다. 둘러보니 자신과 비슷한 소녀가 다섯 명. 모두 「이런 게임은 몰라.」라며 당황한다. 혼란 속에서 소녀들은 힘을 합쳐 저택에서 탈출하고자 하지만, 악의로 가득한 덫으로 인해 절반은 탈락하고 만다. 그래도 남은 이들은 겨우 목표 지점 직전까지 다다른다. 그러나 거기서 ○○는 동료를 배신하고 자기 혼자만 탈출한다. 실은 그녀는 게임의 경험자이며, 살아남기 위해 초심자인 척을 한 것이다.

─여기까지 쓰고 돌연 깨닫는다. 내 변경안 쪽이 압도적으로 재미없다고.

그렇다. 이 작품은 분명 엉망진창이지만 그 일부를 변경하면 갑자기 매력이 사라져 버리는 것이다. (단순히 내게 센스가 없는 것일 뿐일 수도 있지만.)

적어도 나는 주인공의 심정을 이해할 수 없었다. 그러나 그 이해 불가능한 점─ 내 사고의 틀에 들어맞지 않는 점이 매우 매력적이었다. 그렇다면 즐기는 법은 간단하다. 이 엉망진창을 오로지 만끽하면 된다. 이해하려고 한 것이 잘못이었다.

그리고 이 엉망진창은 후반에 더 가속된다. 게임성을 무시하고 적군 아군 상관없이 죽이는 살인마. 급기야 수수께끼의 기술로 살아 돌아오는 스승. 대체 뭐야, 이건?

『절찬』이라기보다 『격노』에 가까운 감상이지만, 안 그러면 재미가 없다. 신인상 작품에 요구되는 것은 분명 템플릿에 충실한, 잔재주를 부린 작품이 아니다. 틀을 깨고 상식에서 벗어나는 힘이다. 그 폭주하는 모습에 어떤 사람은 미간을 찌푸리고, 어떤 사람은 꿈속에서 페이지를 넘기고 싶게 만드는 개성. 읽은 뒤에 유일무이한 감상을 독자에게 안겨 주는 힘이 이 작품에는 있다.

| 작가 후기

……해명할 기회를 주십시오…….

안녕하세요, 유카이 유시입니다. 해설 두 분에 이어, 부족하지만 이 자리에서 제 할 일을 하겠습니다.

우선 먼저, 여기까지 읽어 주신 독자 여러분께 감사의 말씀을 올립니다. 책을 한 권 읽는다. 이 시대에는 쉽지 않은 일입니다. 시간이라는 것이 인류 역사상 비할 데가 없이 귀중해진 요즘, 소설보다도 빠르게 즐길 오락거리가 얼마든지 있는 요즘, 그만큼의 수고를 이 책에 할애해 주셨다는 점에는, 감사 이외의 감정이 없습니다. 정말로 감사드립니다.

그럼, 이 책을 독파하신 여러분께서는…… 아마도 모두 하나의 감상을 품고 계실 것입니다. 그것은 제가, 상을 받은 날부터 오늘에 이르기까지, 바로 2페이지 앞이나 4페이지 앞에서도 온갖 표현으로 들어온 말이기도 합니다.

이게 대체 뭐냐.

이런 게 이야기로 성립한다고 할 수 있는 거냐.

이 자식은 대체 무슨 생각으로 이런 소름 끼치는 걸 써 버린 거냐.

……다시 한번 말씀드리는데, 해명할 기회를 주십시오.

시간을 거슬러 올라가 바야흐로 2022년. 저는 그야말로 푹 썩어 있었습니다. 투고 생활에 꽃이 필 기색이 없었던 탓인지, 사회성이 없음을 통감하며 아르바이트를 그만둔 탓인지, 우울한 뉴스를 찾기가 어렵지 않은 요즘 세상 탓인지, 또는 저기압 탓이었는지도 모릅니다.

(아르바이트를 그만뒀으니, 자연의 섭리로서) 줄어드는 통장 잔고를 바라보며 운이 지지리도 없는 나날을 보내던 중 인간의 생사에 대해 생각할 시간이 늘어만 갔습니다. 그리고 그 결과로 몇 가지 신념을 얻기에 이른 것입니다. 사람은 모두 천천히 죽음을 향해 가고 있다. 속수무책인 인간에게 마지막으로 남는 것은 죽을 방법을 선택할 권리다. 죽을 방법을 선택하는 것은 살 방법을 선택하는 것과 의미가 같다.

이 생각은 당연히 제가 쓰는 글에도 반영됩니다. 이 색채는 시간과 함께 짙어져 저 자신도 제어할 수 없을 정도가 되어, 이윽고 그와 가장 어울릴 장르와 결합을 이뤄냈습니다.

그렇게 탄생한 것이 이 작품인 것입니다.

요컨대, 좋은 결과가 안 나왔기 때문에, 불온한 심리 상태가 되었고 불온한 것을 쓰고 만 것입니다. 설마 상을 받을 줄은 몰랐다고 수상할 때 소감에서도 말했습니다만, 진심이었습니다. 이렇게나 비뚤어진 이야기가 결실을 보다니 세상사 무슨 일이 벌어질지 모를 일입니다.

그렇다고 해도— 완전히 황당무계한 이야기라고는 생각하지 않습니다. 그런 사건도, 그런 인물도, 아마도 이 세상의 여러 곳에 존재할 것입니다.

감사의 말씀으로 넘어가겠습니다.

우선 무엇보다 편집 담당 O님과 네코메타루 선생님께 더 없는 감사를. 현재 유우키가 유우키다운 연유는 두 분의 디렉션 덕분임을 여기서 고백합니다. 사로잡힌 외계인처럼, 저 우카이의 양팔이 두 분께 잡혀서 끌려가는 형태로 『사망 유희』는 성립되었습니다. 진심으로 감사드립니다.

해설을 보내 주신 니고 쥬우 선생님, 타케마치 선생님께도 감사드립니다. 물건이 물건인지라, 필시 코멘트하실 때 고생하셨겠죠……. 그에 대한 「죄송합니다.」와 그 2배 크기의 「고맙습니다.」를 거듭 전하는 바입니다.

MF문고J 편집부와 심사위원 여러분께도 감사를. 이렇게 지금, 입으로만이라도 그럴싸한 말을 할 수 있는 것은, 여러분 덕분입니다. 정중히 감사드리는 바입니다. 교정 담당님, 디자이너님, 인쇄소 여러분, 서점 직원 여러분, 또 반복입니다만 독자 여러분……. 눈이 닿는 범위 내에서 감사를 뿌리고 다닐 생각입니다. 폐가 안 된다면, 받아 주시면 좋겠습니다.

 ……그나저나.

 이미 알고 계실지도 모르지만, 이 작품에는 공식 X (구 트위터) 계정이 존재합니다. 바로 이 페이지에 QR 코드가 인쇄되어 있으므로, 팔로우를 부탁드립니다. 그렇게 해 주시면 분명 좋은 일이 있을 겁니다.

 그럼…… 인연이 된다면 『사망 유희』 2권에서 만납시다.

 ← 공식 X 계정은 이쪽

안녕하세요, 번역가 이희경입니다. 5년 만의 라이트노벨 번역 복귀작이자 실명으로 번역한 첫 작품입니다.

번역 이외의 다른 분야로 진출하겠노라는 야망을 품고 목하 맹렬히 공부 중입니다만, 누에는 뽕잎을 먹고 살아야 한다는 옛말 그대로, 저는 역시 번역으로 먹고 살아야 했던 것입니다.

제게 일을 주신 글로하나의 K대표님께 이 자리를 빌려 진심으로 감사의 말씀을 전합니다.

우선 제목인 『사망 유희로 밥을 먹는다』는 『사망 유희로 먹고산다』라고 의역이 가능하며, 작가님의 필명인 우카이 유시도 〈우회융자(迂回融資)〉라는 부정적인 자금 융통을 의미하는 용어와 발음이 같다는 점을 알려 드립니다. 여기까지는 TMI.

『사망 유희』 번역하면서 내내 〈또 뇌가 맛이 가는〉 기시감에 시달려야 했습니다. 우카이 유시 선생님께서 본인을 『오타쿠』라고 소개하셨습니다만, 저 또한 탈덕 수십 년 차 전(前) 오타쿠이기 때문입니다. 나이 들고 먹고사니즘에 치여 사느라 봉인했던 제 안의 흑염룡이 유우키의 활약상에 깨어나고 말았습니다. 아아, 힘들었어요.

우카이 작가님께서 제 머리 뚜껑을 열고 사이다를 들이붓는 기분이랄까요.「미쳤구나, 미쳤어.」를 연발하며 번역하는 저도 미쳐가는 느낌. 사실 번역을 잘 하려면 작가님의 사고회로와 싱크로를 해야 하기에 피할 수 없는 고행의 과정이었던 것 같습니다.

저로 말할 것 같으면, 겉보기에는 멀쩡한 애 엄마이지만, 네, 질풍노도의 사춘기에는 유우키 못지않게 어두운 일면이 있는, 오덕오덕한 사회 부적응자였습니다. 이 나이에「흑염룡」운운 하니 말 다 했지요. 그래서 우카이 선생님의 과거담도, 유우키의 생활상에도 공감 가는 부분이 많습니다.

그런 음지에서 피어난 독초=고사리를 볶아 만든, 몸에 좋은 나물 같은 작품, 『사망 유희』는 겉보기에는 마냥 음산하고 잔혹한 이야기 같기는 합니다만, 그 심부를 꿰뚫는 철학은 매우 긍정적이고 밝다는 게 저의 감상입니다. 무념무상으로 유령같이 속세를 굴러다니던 주인공 유우키가 삶의 목표를 세우고 학구열을 불태우는 1권의 엔딩이 이러한 철학을 알기 쉽게 드러내고 있죠.

데스게임물에 열광하는 독자 여러분, 사는 게 힘드신가요? 가끔 다 때려 부수고 싶을 정도로 분노가 치밀어 오를 때가 있나요? 만사가 귀찮아서 쓰레기도 안 치우고 싶고, 이불 속에 처박혀 있고 싶나요? 자연스러운 현상입니다. 인생이 그래요. 누구나 그럴 겁니다. 그리고 저 하늘에 떠 있는 태양 역시 우리 모두 공평하게 공유하고 있습니다.

죽음은 만인에게 평등하게 찾아오고 삶은 유한합니다.

그리고 누구나, 예외 없이 각자의 삶이 가진 고유한 의미를 깨닫게 됩니다.

그 의미라는 게 뭐가 될지를 결정하는 것은 오로지 여러분의 선택입니다. 어떻게 살지, 어떻게 죽을지는 전적으로 각자의 선택에 달렸다는 것이죠.

여러 인간 군상과의 만남 속에서 자신을 계속 되돌아보고, 조금씩 스스로에 대해 알아가는 유우키의 성장 과정을 지켜보며, 여러분 또한 아름답고 씩씩하게 성장해 가기를 바라 마지 않습니다.

고로 이 소설은 나름대로 교훈적이다?라는 학부모다운 평을 남기며, 졸고를 마칩니다.

"게임은 분명 4회차인가.
역할은…… 뭐랄까,
재주만 많고 이루는 건 없다고나 할까,
뭐든 잘하지만 하나도 돋보이지 않는 느낌입니다.
잘 부탁드립니다."

"게임은 이것으로 6회차.
특기는— 이기는 인간을
빨리 알아보는 겁니다. 잘 부탁해요."

"……일찍
은퇴하고 싶어서……"

"밟은 느낌이 이상해요! 여, 여기에……
묻혀 있어요! 진짜 <지뢰>가!"

"이 게임을 망하게 하는 걸

도와줬으면 해요."

어떨 때는 폐건물을 탐색하고,

또 어떨 때는 목욕탕에서 표를 둘러싼 쟁탈전.

그렇게 오늘도 나는—

사망 유희로 밥을 먹는다.

"평소대로 내가 리더를 노린다는 걸로,
괜찮겠어요?"
"장난하지 마십시오!!"

사망 유희로 밥을 먹는다.

제2권 2025년 초 발매 예정

"호감도는 중요하니까, 이 게임에서는."

"알려주려고 왔어. 이대로 네가 죽으면 소화불량에 걸릴 것 같아서.
지금 인정받아야 해. 어느 쪽이 위이고 어느 쪽이 아래인지."

"저쪽 팀,
전멸시키고
왔습니다!
이걸로 다섯 장
추가예요!"

<캔들 우즈>로부터 3개월.

나는 플레이어로 복귀했다.

바닥이 불안정한 폐건물에서

탈출하는 게임 <스크랩 빌딩>.

오만한 아가씨 플레이어, 미시로에게 시달리면서도

나는 게임을 통과한다.

―그 후 시간은 흘러, 나는 30회차에 돌입한다.

"미시로 님께
무슨 일이 생기면
진짜 실력을
발휘해도 된다고
말씀하셨어."

"미안하지만, 오래 자는 체질이라서.
항상 참전이 늦는다고."

"죽을까 보냐!"

"무슨 꼴입니까?!
<캔들 우즈>에서
살아남은 사람이 할
플레이인가요, 이게!"
"저는! 이런 여자와
재회하기 위해
40회나 플레이를
거듭해 온 게
아닙니다!"

<30의 벽>.

30회 부근의 게임에서 플레이어에게

불행이 몰려온다는 업계의 <저주>.

그 영향인지, 또는 그것을 신경 쓴 탓인지,

나는 기세가 꺾인 상태였다.

그런 내게, 또 다가오는 한 그림자―.

"왜일까, 교복을 입는 것도, 붙임성 있게 구는 것도,
1인칭을 「저」라고 하는것도, 못할 것도 아니고
고통을 수반하는 것도 아닐 텐데…….
어째서인지 잘 안됐어. 사람의 목을 베서 죽이는 쪽이 쉬워."

사망 유희로 밥을 먹는다. 1

초판 1쇄 발행	2024년 11월 1일
지은이	우카이 유시
일러스트	네코메타루
옮긴이	이희경
책임편집	최은진
디자인	정유정
책임마케팅	김서연, 김예진, 김소희, 김찬빈, 박상은, 이서윤, 최혜연, 노진현, 최지현, 최정연, 조형한, 김가현, 황정아
마케팅	최혜령, 유인철
경영지원	백선희, 권영환, 이기경
제작	제이오
교정·교열	조희신(북케어)
펴낸이	서현동
펴낸곳	㈜오팬하우스
출판등록	2024년 5월 16일 제2024-000141호
주소	서울특별시 강남구 테헤란로 419, 11층 (삼성동, 강남파이낸스플라자)
이메일	ofansnovel@naver.com

SHIBOYUGI DE MESHI O KUU. Vol.1
©Yushi Ukai 2022
First published in Japan in 2022 by KADOKAWA CORPORATION, Tokyo.
Korean translation rights arranged with KADOKAWA CORPORATION, Tokyo.

ISBN 979-11-94293-24-8 04830
ISBN 979-11-94293-23-1 (세트)

오팬스노벨은 ㈜오팬하우스의 출판 브랜드입니다.

플레이어 네임 유우키, 17세.
스스로 말하기 좀 그렇지만,
살인 게임 전문가입니다.

제18회 MF문고J 라이트노벨 신인상 《우수상》 수상작
TV 애니메이션 제작 확정!

사망 유희로 밥을 먹는다.

우카이 유시 지음 | 네코메타루 일러스트